insel taschenbuch 5101

Serena Giuliano

Ein Sommer in Salerno

Montag: der Witwer mit dem gebrochenen Herzen. Dienstag: die Älteste, sehr neugierig. Mittwoch: die Herrischen. Donnerstag: die Wahrsagerin. Freitagmorgen: die wohlhabenden Verzweifelten. Freitagnachmittag: der Unsichtbare.

Zwischen all den Haushalten und ihren Teenager-Zwillingen hat Éléonore keine Zeit, das Dolce Vita in Salerno zu genießen. Auch Marco, von dem sie sich gerade getrennt hat, geht ihr nicht aus dem Kopf. Doch als Éléonore immer mehr in das Privatleben ihrer Kunden hineingezogen wird, gerät ihr routinierter Ablauf außer Kontrolle. Könnte das die langersehnte Chance für einen Neuanfang sein?

Serena Giuliano, Jahrgang 1982, ist Italienerin und lebt in Frankreich. Zuletzt erschienen im insel taschenbuch: *Luna. Rückkehr nach Neapel* (it 5052).

Christiane Landgrebe war Lektorin in verschiedenen Verlagen, ist Autorin von Biografien über Rousseau, Diderot und Madame Roland sowie Übersetzerin von u. a. Philippe Claudel, Henri Alain-Fournier und Elie Wiesel.

SERENA GIULIANO

Ein Sommer in Salerno

ROMAN

Aus dem Französischen
von Christiane Landgrebe

INSEL VERLAG

Die französische Originalausgabe erschien 2023 unter dem Titel
Un Coup de Soleil bei Éditions Robert Laffont, S. A. S., Paris.

2. Auflage 2025

Erste Auflage 2025
insel taschenbuch 5101
Deutsche Erstausgabe

Umschlaggestaltung: zero-media.net, München
Umschlagabbildungen: FinePic®, München;
Aygul Sarvarova/Alamy/mauritius images;
Marina Tikhonova/iStock/Getty Images Plus
Satz: Satz-Offizin Hümmer GmbH, Waldbüttelbrunn
Druck: CPI books GmbH, Leck
Printed in Germany
ISBN 978-3-458-68401-5

Insel Verlag Anton Kippenberg GmbH & Co. KG
Torstraße 44, 10119 Berlin
info@insel-verlag.de
www.insel-verlag.de

Ein Sommer in Salerno

Für meine Nichte

Ich kann mich nicht von dir trennen, ohne dir zu sagen,
dass mein Herz jetzt schon blutet.
George Sand

Wenn eine Liebe zu Ende geht, leidet einer der beiden.
Wenn keiner von beiden leidet, hat sie nie begonnen.
Wenn beide leiden, ist sie nicht vorbei.
Marilyn Monroe

Ich habe schrecklichen Liebeskummer.

Das tut weh und kommt mir vor wie langsame Folter.

Manchmal gelingt es mir, ein paar Stunden nicht daran zu denken. So zu leben, als hätte es ihn nie gegeben. Dann kehrt der Schmerz zurück. Er liegt mir im Magen, meine Beine werden taub, mein Geist ist wie gelähmt.

Ich möchte einfach nur schlafen, damit es vorübergeht, damit es aufhört.

Ich möchte mich zusammenrollen, in ein Kissen schreien, endlos weinen wie ein Teenager. Aber ich bin nicht mehr sechzehn, sondern bald vierzig Jahre alt, habe zwei Kinder, eine anstrengende Arbeit und wirklich keine Zeit, Trübsal zu blasen.

So schleppe ich den Kummer mit mir herum; ich setze meine Kopfhörer auf und höre abwechselnd Francis Cabrel und Céline Dion.

Manchmal sogar Patrick Fiori.

Sein Lied »Komm doch zurück«.

Ich gebe mir Mühe, nach außen hin meine Würde zu bewahren. Im Innern aber will ich meinen Kummer voll ausleben.

Montag

Dottore Di Martino
Corso Giuseppe Garibaldi, Salerno

Es ist acht Uhr dreißig und ich komme genau pünktlich. Wie immer.

Ich hasse es, mich zu verspäten, ich hasse Leute, die zu spät kommen, ich finde es respektlos. Schon als meine Zwillinge noch klein waren, habe ich ihnen beigebracht, dass man sich immer etwas mehr Zeit nehmen soll, wenn man zu einer Verabredung geht, selbst für den Weg zur Schule. Man weiß ja nie, was unterwegs passieren kann, und es ist immer besser, selber zehn Minuten zu warten, als andere warten zu lassen.

Der Dottore ist wohl erst vor wenigen Minuten weggegangen, denn ich habe im Aschenbecher eine Zigarette gefunden, die vor sich hin brannte. Im Wohnzimmer riecht es unangenehm nach abgestandener Luft und kaltem Rauch. Ich öffne die Läden, um die frische Morgenluft und etwas Licht hereinzulassen. Dieser Mann lebt im Dunkeln, kein Wunder, dass alle Pflanzen hier eingehen.

Ich fange meine Arbeitswoche gern in dieser Wohnung an. Ich kümmere mich um das Innere seiner Wohnung, er kümmert sich um das Innere von Menschen. Signor Di Martino ist Kardiologe.

Da er sich schon um Herzen kümmert, sollte ich ihn vielleicht bitten, sich meins mal anzuschauen.

Ich schalte eine Waschmaschine mit den Sachen der letzten Woche an, danach kommt die Bettwäsche dran. Ich bleibe vier Stunden hier und bringe die neunzig Quadratmeter in Ordnung.

Ich beginne immer in der Küche, die er ziemlich selten benutzt. Dann mache ich das Bad, sein Arbeitszimmer, das Schlafzimmer und schließlich das Wohnzimmer.

Seit zwei Jahren arbeite ich bei Dottore Di Martino. Als ich bei ihm anfing, war gerade seine Frau gestorben und er schaffte es nicht, neben seiner Praxis noch den Haushalt zu machen und seinen Schmerz zu verarbeiten. Ich bin ihm nur selten begegnet. Er gab mir bald einen Zweitschlüssel, denn er vertraut mir.

Ich bemühe mich, mein Telefon in der Handtasche zu lassen. Wenn ich es in meiner Nähe habe, schaue ich alle zwei Minuten nach, ob eine Nachricht von Marco da ist, und wenn ich sehe, dass ich nichts bekommen habe, ist es wie ein Fausthieb in den Magen.

Neulich habe ich den Wecker auf eine Stunde gestellt. Bevor es klingelte, durfte ich nicht auf mein Telefon schauen.

Vor Ungeduld war ich fix und fertig, und meine Enttäuschung war groß, da ich gerade einmal die Erinnerung an den Geburtstag meiner Cousine auf Facebook verpasst habe.

Seit zwei Wochen probiere ich alles Mögliche aus, um von diesem Mann loszukommen. Bisher hat nichts funktioniert. Und ich habe die Befürchtung, dass ich aus diesem schmerzlichen Zustand nie herausfinden werde.

Während ich die Sofakissen absauge, entdecke ich einen Ohrring. Offenbar hatte der Dottore Besuch. Ich lege das

Schmuckstück sorgfältig auf der Frisierkommode im Schlafzimmer ab. Ich freue mich für ihn, wenn er eine Freundin hat, jemanden, der sich um sein Herz kümmert.

Um elf Uhr genehmige ich mir, im Auftrag meines Montagschefs, eine Pause und trinke auf dem Balkon einen Kaffee. Wenn ich die Wohnung verlasse, schicke ich ihm eine Nachricht und berichte, was ich diesen Vormittag gemacht habe. Jede Woche antwortet er mir das Gleiche:

»Danke, Éléonore. Ich hoffe, Sie haben sich Zeit für einen Kaffee genommen.«

Mir diese fünf Minuten nicht zu gönnen, wäre ein Affront.

Von der dritten Etage aus kann ich die ganze Straße überblicken. Unten reden zwei Frauen miteinander. Sie sprechen sehr laut – Italienerinnen eben. Man könnte meinen, sie streiten sich, aber ich lebe lange genug in diesem Land, um zu wissen, dass es eine ganz gewöhnliche Unterhaltung ist.

Meine Tasse ist leer. Bevor ich weitermache, kann ich nicht widerstehen: Ich mache die übliche Tour, suche auf Facebook und Instagram, Snapchat und sogar dem LinkedIn meines Ex …

Nichts Neues.

Ich habe schon um sechs Uhr morgens nachgeschaut, einmal in der Nacht und natürlich gestern Abend, kurz bevor ich schlafen ging. Es ist mir etwas peinlich, vor allem weil ich meistens von Fake-Konten aus spioniere.

Ich bin Waage, Aszendent Psychopath.

Aber ich brauche meine tägliche Dosis von ihm. Er ist meine Droge und ich bin ein Junkie. Total abhängig von einem Typ, von dem ich vor einem Jahr noch gar nichts wissen wollte.

Sich zu verlieben ist schlimmer, als krank zu werden.

Was mich zuerst überrascht hat, ist die Ruhe.
Mehrere Minuten lang blieb ich dort und fragte mich,
was für Geräusche fehlten.
Ich brauchte etwas Zeit, um es zu begreifen.
Die Autos. Es gibt keine Autos.

Dienstag

Signora Rizzo
Via Spinosa, Salerno

»Ich bin noch im Bett, meine Liebe. Kommst du mal?«

»Bin gleich da!«

Sie sitzt mit dem Rücken an ihre Kissen gelehnt, trägt ihr weißes Nachthemd mit den Stickereien und zeigt mir ihr zahnloses Lächeln.

Sie wartet auf den Dienstagmorgen wie ein Kind auf Weihnachten, für sie bin ich der alte Mann mit Bart.

»Wie geht es Ihnen heute?«

»Jetzt, wo du da bist, geht's mir gut.«

»Während der Kaffee heiß wird, kümmere ich mich um die Wäsche. Bleiben Sie noch ein bisschen im Bett, ich helfe Ihnen dann beim Aufstehen.«

Die Signora ist meine älteste Kundin. Sie nickt und ich gehe in die Waschküche, in der sie immer am Abend, bevor ich komme, eine Maschine wäscht. Ich hole sieben Kleider aus der Trommel – für jeden Tag der Woche eins – und bringe alles auf den Balkon vor der Küche, um meiner Lieblingsbeschäftigung nachzugehen: Wäsche aufhängen.

Ich folge hierbei einem ganz bestimmten Ritual: vom kürzesten bis zum längsten Kleidungsstück hänge ich sie auf, wie man liest: von links nach rechts. Im Rahmen des Möglichen achte ich darauf, dass die Wäscheklammern zu den Stoffen passen, die sie festhalten sollen, damit alles harmonischer aussieht, bis Wind und Sonne ihre Arbeit getan haben.

Nach Erfüllung dieser Aufgabe betrachte ich mein Werk und hole tief Luft. Ich liebe den Geruch von frischer Wäsche ebenso sehr wie den Geruch meiner Kinder (ich meine, als sie klein waren, denn ich muss sagen: Mit der Pubertät geht er verloren).

Der Espressokocher pfeift. Ich mache das kleine Silbertablett zurecht, nehme die Zuckerdose und zwei Tassen und stelle alles auf das niedrige Tischchen.

»Sind Sie so weit, Geraldina? Können wir aufstehen?«

»Ich bin bereit!«

Menschen zu pflegen, gehört nicht zu meinen Aufgaben, aber bei dieser alten Dame mache ich eine Ausnahme. Jeden Morgen kommt eine Krankenschwester zu ihr, um sie zu versorgen, nur dienstags nicht. Am Dienstag möchte sie, dass ich es mache. »Élé«, wie sie mich nennt, was klingt wie *ailé*, auf Französisch »geflügelt«.

»Mit dir ist es angenehmer«, behauptet sie.

Dann stelle ich sie auf ihre beiden leicht zitternden Beine, helfe ihr beim Anziehen, lege ihr den Schmuck an und setze ihr das Gebiss ein, kämme ihre langen weißen Haare, flechte einen Zopf und stecke ihn zu einem tiefsitzenden Knoten zusammen. Dann schlürfen wir unseren Kaffee und gehen Geraldinas Lieblingsbeschäftigung nach: Wir erzählen uns unser Leben.

Eigentlich erzähle ich ihr vorwiegend aus meinem, in dem etwas mehr passiert als in dem einer alleinlebenden Frau von zweiundneunzig.

»Gibt's was Neues?«

Die Frage brennt ihr auf der Zunge, das habe ich gleich bemerkt, als ich kam. Ihre Augen sprühen vor Ungeduld und Hoffnung.

Geraldina ist die einzige Kundin, mit der ich über mein Privatleben spreche; sie kennt auch die ganze Marco-Geschichte.

Was sie dienstags erwartet, ist weniger die Begegnung mit mir als der Genuss einer neuen Folge ihrer Lieblingsserie, die ich »Mein Liebesleben« nenne.

Ich schüttele den Kopf.

»Nichts.«

»Der Schweinehund! Spionierst du ihm immer noch nach?«

»Aber Geraldina, ich spioniere doch nicht ... ja.«

Sie lacht, dann sagt sie ganz betroffen:

»Also wirklich, was für ein Arschloch! Merkt er denn nicht, was er verliert? Ein Bonbon wie dich ... Der geht mir wirklich auf die Nerven. Na ja, eigentlich muss man ja sagen, dass du ihn verlassen hast, meine Liebe.«

Ja, ich habe ihn verlassen, aber ungern. Weil unsere Beziehung und das, was er zu bieten hatte, mir nicht mehr genügte.

Dabei hatte ich von Anfang an gewusst, worauf ich mich einließ. Alles war sehr klar, und ich habe, dumm, wie ich war, gedacht, ich könnte mich daran gewöhnen. Wie konnte ich nur so naiv sein?

An dem Tag, an dem ich anfing, schon beim Erhalt einer Nachricht von ihm töricht zu lächeln, hätte ich die Beine in die Hand nehmen sollen. Das ist ein untrügliches Zeichen, doch meistens ist es dann schon zu spät.

Ehrlicherweise muss ich zugeben, dass ich ihn in der Hoffnung verlassen habe, dass er mich zurückhalten und mir sagen würde, er liebe mich mehr als alles sonst und könne ohne mich nicht leben, ohne meine Liebe herrsche große Leere, und das Leben sei sinnlos.

(Ja, nicht weniger als das!)

Aber das war eine sehr, SEHR schlechte Strategie, denn er hat nur geantwortet: *Okay Éléonore, ich verstehe.* Ich selbst verstehe das leider kein bisschen.

Dienstag

Éléonores Wohnung
Via Camillo Sorgente, Salerno

Mit Einkäufen beladen öffne ich die Tür und rufe meine Tochter; ich weiß, dass sie um diese Zeit zu Hause ist, aber wie so oft kriege ich keine Antwort. Ich beschließe, alles in der Küche allein wegzuräumen, betrete dann ihr Zimmer und finde sie am Schreibtisch sitzend vor, den Kopfhörer auf den Ohren, der sie vor der Welt isoliert.

Ich könnte mich im Zimmer nebenan umbringen, ohne dass sie etwas von meinem Todeskampf hören würde.

Während ich ihr einen Kuss auf den Kopf gebe und sie am Nacken tätschele, nutze ich den Moment, um einen Blick auf ihren Bildschirm zu werfen. Sie spielt ein Computerspiel und verkauft nicht etwa Bilder von ihren Füßen an Perverse im Netz, also bin ich beruhigt.

»Alles okay, Mama?«

»Ja, und wie geht's bei dir, mein Spatz? Komm, lass uns Mittag essen. Ich mache *piadine*. Wo ist dein Bruder?«

Sie zuckt die Achseln.

»Ist er schon lange weg?«

»Keine Ahnung, Mama, ich bespitzele ihn nicht.«

»Das solltest du aber. Er ist noch wie ein Baby. Man muss auf ihn aufpassen.«

Meine Kinder sind am selben Tag im Abstand von fünf Minuten geboren. Andrea zuerst. Aber Élise ist die reifere von beiden. Mit sechzehneinhalb hat diese Frau im Kleinformat schon alles, was eine große besitzt. Sie ist ruhig, bedächtig, humorvoll und intelligent. Ich weiß nicht, wie ich so ein Werk zustande bringen konnte. Sogar zwei, denn ihr Bruder steht ihr in nichts nach, nur dass er noch Mamas großes Baby ist.

»Wie war's auf der Arbeit?«

»Wie immer. Madame Rizzo war heute gut in Form. Das hat mich gefreut, denn in letzter Zeit hatte ich mir Sorgen um sie gemacht.«

»Heute Morgen kam Papa vorbei. Er geht heute Abend mit uns essen. Bist du mir böse, wenn ich dich allein lasse?«

Der Ton einer Snapchat-Nachricht nimmt mir plötzlich den Atem.

So haben wir immer kommuniziert, Marco und ich. Damit es keine Spuren unserer Gespräche gab.

Ich ziehe das Telefon aus der Tasche und schaue darauf, in der Hoffnung, dass dort sein Name auftaucht.

Nichts. Es muss Élises Telefon gewesen sein.

Achterbahn der Gefühle.

Ich könnte vor Wut heulen.

Ich bin wirklich unverbesserlich dumm. Wie kann mich ein so leises Signal in einen solchen Zustand versetzen?

»Mama, hallo, bist du noch da? Ist das mit heute Abend okay?«

Ein Labyrinth unter freiem Himmel,
ich habe mich schon hundertmal verirrt,
ich würde meinen Weg gern nie wiederfinden.

Mittwoch

Signor und Signora Ferrara
Via Roma, Salerno

DEN KÜHLSCHRANK SAUBER MACHEN.
DIE WÄSCHE DER KINDER ZUERST BÜGELN.
VORSICHT MIT MARKEN-T-SHIRTS!!!
STAUB UND BODEN. ÜBERALL.
BADEWANNE GRÜNDLICH, DENN LETZTE WOCHE WAREN DA NOCH KALKSPUREN!

Weder guten Tag noch ein Dank, also wie immer.

Signora Ferrara hat zwei Besen: einen im Schrank und einen im Hintern.

Jede Woche legt sie mir eine Liste mit Anweisungen hin und hat immer etwas auszusetzen. Noch nie bin ich einer so unangenehmen Person begegnet. Wenn ich nicht so viel Geld brauchte, hätte ich sie schon lange zum Teufel geschickt.

Ihr kleiner Hund, den sie überall hinschleppt, ist genau wie sie: arrogant und blöd.

Außerdem ist er hässlich.

Was dem Ganzen die Krone aufsetzt: Ich arbeite hier heimlich, weil ihr Mann nicht weiß und nicht wissen darf, dass seine Frau mich beschäftigt. Er ist der Meinung, sie müsse den Haushalt allein schaffen.

Dabei arbeitet die Signora. Ich habe nie richtig verstanden, wo, aber sie hat mehr oder weniger dieselben Arbeitszeiten wie ihr Mann.

Sie ist übrigens die Einzige, die sich um die beiden Kinder kümmert, sie sind elf und siebzehn Jahre alt. Der Macho, der ihr Leben teilt, ist der Auffassung, sie sei dafür zuständig, die Kinder in die Schule zu bringen, ihnen bei den Hausaufgaben zu helfen, ihre Arzttermine und außerschulischen Aktivitäten zu organisieren.

Für die Küche gilt dasselbe.

»Mein Mann kann nicht mal ein Ei kochen«, hat sie mir mehrmals gesagt.

Sicher ist sie so verbittert, weil sie solch einen rückständigen Dummkopf geheiratet hat.

Manchmal verspüre ich sogar etwas wie Mitleid. Aber ein x-ter Zettel wie der, den ich heute gefunden habe, reicht, damit ich Lust hätte, die Toilette mit ihrer Zahnbürste sauber zu machen (und umgekehrt).

Als ich in die Waschküche komme, sehe ich, dass nicht etwa ein Berg Wäsche auf mich wartet, sondern der Everest. Diese Verrückten ziehen sich mehrmals am Tag um, es kann gar nicht anders sein!

Ich brauche dafür mindestens drei Stunden, sie bezahlt mir fünf. Ich werde es niemals schaffen, alles auf ihrer verdammten Liste zu erledigen.

Signor Ferrara muss denken, dass seine Hemden wie durch Magie wieder in seinem Schrank landen. Oder dass seine Frau nachts bügelt.

Es ist unerträglich heiß, und die Aussicht, ein Bügeleisen zu verwenden, weckt in mir Selbstmordgedanken.

Ich fülle Wasser für den Dampf ein, und während es aufheizt, staube ich im Wohnzimmer ab. Gott sei Dank sind sie hier eine Familie von Minimalisten; es stehen weder tausend Nippsachen herum, die man hochheben, noch jede Menge Rahmen mit Fotos, die man abstauben muss. Man könnte meinen, sich in einem Musterhaus zu befinden: Hier ist es kalt und seelenlos. Wie das Ehepaar Ferrara selbst. Aber so spare ich kostbare Zeit.

Papst Pius überwacht alles, was ich tue. Ich habe festgestellt, dass dieser Heilige sich in Italien besonderer Beliebtheit erfreut. Auf den Straßen, in Schulen, Krankenhäusern und sogar in Geschäften: Er ist überall! Bei den Ferraras hat er es sogar bis ins Badezimmer geschafft, er hängt über der Toilette. Vermutlich zum Schutz der Hygiene und Förderung der Verdauung.

Ich hole mein Telefon aus der Tasche. Nichts hat sich getan.

Manchmal verwandelt sich meine Enttäuschung in Wut, und ich muss mich beherrschen, um das Telefon nicht gegen die Wand zu werfen. Auf das kleinste Signal von ihm zu warten, ist wie eine lange Agonie.

Ich atme aus. Ich beruhige mich.

Ich konzentriere mich auf meine Arbeit.

Ich könnte einen Podcast hören, eine Playlist oder beim Bügeln eine Serie gucken, aber mein Geist ist zu sehr mit Marco beschäftigt.

Ich habe nichts anderes im Kopf, bin geradezu besessen von ihm.

Ich denke an unsere erste Begegnung.

Im Wartezimmer beim Arzt.

Der war über eine Stunde im Rückstand, das Wartezimmer war voller Patienten. Unter ihnen dieser Mann, der mir bisher kaum aufgefallen war.

Als ein Stuhl neben mir frei wurde, ließ er sich darauf nieder. »Ich kenne Sie nicht, aber ich fühle mich heute Morgen sehr jung«, flüsterte er mir zu und warf einen diskreten Blick auf die anderen Leute im Raum.

Ich lächelte. Tatsächlich näherte sich deren Durchschnittsalter dem der 122-jährigen Jeanne Calment, und wir fielen in dieser Umgebung ziemlich auf.

»Ich bin wegen einer Röntgenaufnahme nach einem bösen Sturz hier. Und Sie?«

»Ich habe eine heftige Angina«, flüsterte ich.

Mir brannte der Hals, jedes Wort tat mir beim Sprechen weh. Trotzdem machte es mir Spaß, mit ihm zu reden, und in seiner Gesellschaft verging die Zeit schneller.

Als er an der Reihe war, bot er mir an, an seiner Stelle hineinzugehen. Ich lehnte ab. Das sei gegenüber den anderen Patienten nicht fair.

Als er das Behandlungszimmer verließ, schaute er noch einmal bei mir vorbei.

»Ich heiße übrigens Marco, Marco Ferrucci. Und Sie?«

»Éléonore.«

Ich sprach es französisch und nicht italienisch aus. Er schien ein wenig irritiert, ließ es sich aber nicht weiter anmerken. Er antwortete nur: »Bis demnächst, meine Liebe«, und winkte mir zu. Dann ging er.

Ich suchte ihn auf Instagram, während ich noch im Wartezimmer saß. Nicht weil er mir besonders gefiel – auch wenn er recht gut aussah –, ich hatte ihn sympathisch gefunden.

Ich habe einen – wie ich zugebe, nicht besonders gesunden – Reflex, im Leben anderer Leute herumzuschnüffeln.

Dank sozialer Netzwerke ist das ganz einfach ... Drei Klicks und man kann sich eine eigene Telerealität schaffen mit allen Teilnehmern, die man sich wünscht. Warum soll man darauf verzichten?

Ich bin zu einer echten Online-Detektivin geworden. Mit nur wenig Hinweisen kann ich eine ganze Menge Informationen sammeln. Das ist mein kleines persönliches Hobby. Mein Umfeld nutzt jetzt mein Talent, um alles über einen *crush*, einen Ex, einen Arbeitskollegen zu erfahren. Ich sollte überlegen, ob ich mich nicht für meine Dienste bezahlen lassen sollte ...

Was Marco anging, war die Sache schnell erledigt. Sein Insta-Konto war privat, und ich interessierte mich damals nicht genug für ihn, um meine Recherchen zu vertiefen. Ich hatte ihn irgendwo in meinem Kopf abgespeichert.

Doch zwei Tage später erschien auf meinem Bildschirm auf Facebook eine persönliche Nachricht:

Guten Tag, Éléonore. Ich werde dir jetzt eine sehr seltsame Nachricht schicken.

Ich sage dir etwas, das du vielleicht nicht glaubst (an deiner Stelle würde ich es nicht glauben).

(Sabotage an mir selbst, super), aber mir ist wirklich wichtig, dass du es weißt: Sowas habe ich noch nie unternommen. Niemals, das schwöre ich.

Ich mache heute eine Ausnahme, weil mir neulich etwas nie Dagewesenes passiert ist, im Wartezimmer, als ich dich getroffen habe.

Éléonore, ich glaube, mit fünfundvierzig habe ich mich zum ersten Mal Hals über Kopf verliebt.

PS. Ich habe sogar mit meinem Arzt darüber gesprochen. Er gab zu, dass es dagegen keine Arznei gibt. Ich bin unheilbar krank.

Donnerstag

Signora Marino
Via dei Mercanti, Salerno

Ich gehe sehr gern zu meiner Donnerstagskundin in der Via dei Mercanti. Die Straße ist sehr lang (mehr als einen Kilometer), sehr alt, pittoresk und geschichtsträchtig durch ihre vielen Kirchen. Sie ist der Spiegel der Seele von Salerno.

Seit fünfundvierzig Minuten bin ich schon bei Signora Marino, putze gerade die Wohnzimmerfenster, als die Tür ihres Sprechzimmers aufgeht. Ich habe auf dieses Signal gewartet, um staubzusaugen. Wenn nämlich ein Kunde bei der Signora ist – oder ein Patient, ich weiß nicht, wie man Leute nennt, die zu einer Wahrsagerin gehen –, darf ich keine Arbeiten erledigen, die Lärm machen.

Das stört wohl ihre Konzentration, und so kann sie nicht mehr »die Wellen auffangen«.

Ich würde einer Hellseherin, die nichts mehr »sieht«, wenn sie nicht gut hören kann, kein Vertrauen schenken. Aber bitte sehr.

Ich arbeite erst seit kurzem hier. Signora Marino, mit Vornamen Linda, hat alle meine Vorgängerinnen rausgeworfen.

Hatten sie etwas zerbrochen? Nein.

Waren sie ihr zu teuer? Nein.

Waren sie ihr zu geschwätzig, nicht fleißig genug? Nein, schon wieder nein.

Eines schönen Morgens spürt Linda etwas Negatives und schwupp, weg mit ihnen!

Sie erklärt ihnen dann immerhin, dass sie nichts dafür können, dass es ihretwegen geschieht (wie bei einem Kerl, der eine dumme Entschuldigung gefunden hat, um sich zu trennen, »es liegt nicht an dir, sondern an mir«), aber das Urteil steht fest: Sie müssen sofort verschwinden.

Das heißt, dass ich jede Woche den Arsch zusammenkneife. Ich weiß, dass meine Tage im Dienst des Mediums bald gezählt sind.

Diese Wohnung zu reinigen ist keine leichte Aufgabe, ich brauche dafür sechs Stunden pro Woche. Schon zwei gehen damit drauf, das riesige Bücherregal abzustauben.

Die Dame legt Wert darauf, dass jedes Buch herausgenommen, sauber gemacht und vorsichtig an seinen Platz zurückgestellt wird. Das ist wirklich sterbenslangweilig.

»Guten Tag, Éléonore, wie geht es Ihnen heute?«

»Es geht mir gut, Linda, und Ihnen?«

»Was soll das heißen, gut? Ich spüre da doch Traurigkeit.«

Ich bin sprachlos und weiß nicht, was ich antworten soll. Will sie mich rauswerfen, weil ungute Schwingungen von mir ausgehen?

Ich gerate in Panik. Ich habe den Eindruck, dass ich mich rechtfertigen muss, deshalb denke ich mir was aus.

»Mein Hund ist tot.«

»Oh. Das tut mir leid ... Ich hatte früher einen Deutschen Schäferhund. Er war mein bester Freund, mein Schatten. Ich habe sehr gelitten, als er mich verließ. Ich kann Ihren Kummer verstehen. Wenn ich Ihnen helfen kann, sagen Sie es mir bitte.«

»Danke Linda, ich schaffe es schon.«

Wie konnte ich das nur erzählen? Ich hatte noch nie einen Hund!

Dabei ist es nicht so, dass mich die Zwillinge nicht damit genervt hätten.

Mein Telefon fängt an zu vibrieren, als Signora Marino ihre Tür öffnet. Sofort blicke ich auf den Bildschirm: die Nachricht meines Telefonproviders mit einem Angebot, das ich nicht verpassen darf. Super!

Immer noch keine Nachrichten von dem anderen Hund.

Wenn ich es mir überlege, habe ich gar nicht richtig gelogen: Es gab ja einen Hund in meinem Leben ...

Donnerstag

Éléonores Wohnung
Via Camillo Sorgente, Salerno

Élise und Andrea sind bei ihrem Vater.

Wir haben keinen bestimmten Tag für die Betreuung der Kinder festgelegt. Sascha wohnt nur zehn Minuten zu Fuß von meiner Wohnung entfernt; unsere Kinder kommen und gehen seit Jahren, wie es ihnen gefällt.

Dies ist für die neue Frau meines Ex bestimmt nicht immer einfach. Aber bei ihm gehen die Zwillinge vor.

Sascha ist ein perfekter Mann und wir waren ein ideales Paar. Unser einziges Problem war, dass wir uns nicht mehr liebten. Jedenfalls nicht mehr wie Verliebte. So haben wir uns getrennt, als die Kinder zehn waren.

Er hat aber noch einen wichtigen Platz in meinem Leben. Wie ein Bruder oder ein bester Freund.

Das hat nicht nur Vorteile. Es ist für einen Mann nicht einfach, an zweiter Stelle zu stehen. Die Latte lag immer so hoch, dass es nie ein anderer geschafft hat, sie zu überspringen.

So viele Verehrer hatte ich aber auch wieder nicht. Lange habe ich mich auf meine Kinder konzentriert. Das Ergebnis: Ich bin mit fast vierzig immer noch solo und mein Herz liegt in Trümmern.

Ich habe beschlossen, heute Abend auszugehen, um nicht zu Hause zu sitzen und zu grübeln.

Der August ist bald vorüber, gegen Abend ist die Luft nicht mehr so drückend.

Ich mache einen langen Spaziergang am Meer, dann gehe ich mit meiner Freundin Caterina Pizza essen und etwas trinken. Manchmal leiste ich mir den Luxus, draußen zu essen.

Das Lungomare, der Park gegenüber dem Golf von Salerno, bietet den idealen Rahmen für Gruppen von Freunden, Verliebte, Sportler und Familien. Die Aussicht ist atemberaubend. Es ist einer meiner Lieblingsorte in der Stadt.

Caterina und ich kennen uns seit zehn Jahren. Wir haben in derselben Reinigungsfirma gearbeitet und sind in Kontakt geblieben, als ich mich selbständig gemacht habe. Heute arbeitet Caterina in einer Reinigung und ihr und ihren Beziehungen verdanke ich teilweise, dass ich mir einen Kundenstamm aufbauen konnte.

»Ich muss dein besonderes Talent in Anspruch nehmen!«, sagt sie, gleich nachdem ich mich in der Pizzeria zu ihr an den Tisch gesetzt habe.

»Ich bin ganz Ohr. Caterina *mia*! Worum geht's?«

»Ich brauche Informationen über die Freundin meines Sohnes.«

»Cat, dein Sohn ist zwanzig! Du musst aufhören, dich in sein Privatleben einzumischen, das weißt du doch!«

»Aber ich bin sicher, dass sie ihn betrügt.«

»Das ist nicht dein Problem, meine Liebe. Wie kommst du überhaupt darauf?«

»Die Vorahnung einer Mutter. Mamas spüren so etwas ...«

Während sie dies sagt, schlägt sie sich auf der Höhe des Herzens mit der Hand auf die Brust, um ihre Worte zu unterstreichen und mir zu bedeuten, dass die Lage ernst ist.

Ich verdrehe die Augen, fordere sie auf, mir ein wenig von dem Mädchen zu erzählen, und verspreche ihr, im Netz nach verdächtigen Hinweisen zu suchen.

»Sie ist sicher nicht dumm. Und wenn sie einen anderen Typ hat, zeigt sie ihn sicher nicht auf ihrem Instagram-Konto, oder?«

»Glaub mir, *cara*, du überschätzt sie ... Gerade neulich hat sie sich wieder ein Ding geleistet. Wir sind in der Küche, ich bitte sie um ein Messer. Sie nimmt eins aus der Schublade und bringt es mir, die Spitze auf mich gerichtet, als ob sie mich erstechen will! Ich sage: ›Also wirklich, Céleste, wenn man sich mit einem Messer bewegt, hält man den Kopf immer nach unten!‹ Natürlich meinte ich die Spitze des Messers. Und was macht diese dumme Göre? Sie senkt den Kopf und kommt weiter auf mich zu ... Den Nobelpreis kriegt sie sicher nicht.«

Ich gebe mir Mühe, über dieser Szene nicht lauthals zu lachen. Dann essen wir die beste Margherita der Stadt und reden über unser Lieblingsthema, besser gesagt, das meine: Marco.

Ich gehe Caterina damit mächtig auf die Nerven. Seit Monaten hört sie mir geduldig zu, beruhigt mich, berät mich. Immer wieder sagt sie mir, ich solle aufgeben. Seit Monaten bleibe ich stur. Ich weiche ihren Argumenten aus, und wenn sie noch so überzeugend sind. Ich finde gute Gründe, um mich weiter zu quälen. Aber sie ist immer noch da ... Und ich auch. Das ist eine Leistung, denn sie hat mir mehrmals mit Schlägen gedroht, und man muss eins wissen: Wenn Caterina sich aufregt, macht sie einem Angst.

Als ich mich von Marco getrennt hatte, hat sie eine Flasche Prosecco gekauft und wir haben ihn am Strand bei Sonnenuntergang getrunken.

Vor allem sie trank ihn. Ich heulte nämlich so sehr, dass mir fast der Atem verging.

Heute Abend ist Salerno voller Leben, wie an allen Abenden im Frühling und gegen Ende des Sommers.

Die Salernitaner leben draußen. Allein deshalb erinnert mich meine Wahlheimat an Nizza, wo ich geboren bin. Dadurch vermisse ich es nicht zu sehr.

Ich lebe jetzt schon über siebzehn Jahre hier. Anderswo könnte ich nicht mehr leben. Ich könnte meinen Kindern nicht den Vater wegnehmen und sie nicht entwurzeln und zwingen, in einem anderen Land zu leben, das sie kaum kennen.

Wenn ich alt bin, kehre ich aber nach Frankreich zurück.

Oder auch nicht.

Ich begleite Caterina nach Hause.

Plötzlich beugt sie sich nach vorn und hebt am Boden etwas auf.

Ein Zwei-Euro-Stück.

»Hier«, sagt sie und hält es mir hin, »das ist für dich. Ein kleiner Schritt zu deinem schönen Traum.«

Freitag

Signor und Signora Landi
Via dei Principati, Salerno

Zu meiner Überraschung sind die Läden, als ich ankomme, geschlossen. Ich betrete die Maisonette-Wohnung, meine Baustelle vom Freitagmorgen, auf Zehenspitzen und rufe ängstlich: »Ist da jemand?«

Keine Antwort. Ich sage mir, dass das Paar wohl das Haus überstürzt verlassen und vergessen hat, die Fensterläden zu öffnen.

Ich stelle meine Sachen in der Küche ab, lasse meine Sneaker am Eingang und ziehe die Pantoffeln an, die mir Claudia, die Eigentümerin, zur Verfügung stellt. Sie sind super bequem, leicht und sehr hübsch. Ich wollte mir für zu Hause auch solche kaufen, als ich aber im Internet sah, was sie kosten, nämlich das Geld, um eine Woche einzukaufen, schloss ich die Website schnell wieder. Von Pantoffeln kann man kaum leben.

Im Wohnzimmer schrecke ich auf. Die Dame des Hauses liegt im Morgenrock auf dem Sofa und schluchzt.

»Claudia, was ist los? Geht es Ihnen nicht gut? Brauchen Sie Hilfe?«

Ich wage es kaum, mich ihr zu nähern. Die Lage von Putzfrauen ist heikel. Man ist mittendrin im Privatleben der Menschen, gehört aber nicht zur Familie und ist auch keine Freundin.

Die Kunden haben nichts dagegen, dass man ihre schmutzige Wäsche anfasst, aber zu viele Fragen darf man ihnen nicht stellen.

»Entschuldigung, Éléonore. Ich wusste nicht, wie spät es ist. Es ... es tut mir leid, dass Sie mich so sehen.«

»Kein Problem, Claudia. Wenn ich etwas für Sie tun kann ... Sie finden mich in der Küche.«

Ich höre, wie sie nach oben geht, während ich mein Arbeitszeug bereitstelle, die Putzlappen und den Essig.

In den knapp zwölf Jahren meiner Karriere habe ich nichts Besseres gefunden. Ich habe jede Menge Reinigungsmittel ausprobiert ... gängige Marken, weniger bekannte, von Profis verwendete ... Nichts ist so gut wie Essig! Das einzige Problem ist, dass es im Haus ein bisschen nach Salatsoße riecht, wenn ich da war.

Die Küche dieses Loft ist großartig, aber schwarz. Ich kann an den Fingerspuren auf Anhieb erkennen, in welchem Schrank jemand etwas gesucht hat. Damit es hier makellos aussieht, müsste man sie zehnmal pro Tag polieren. Oder sie einfach gar nicht benutzen.

Soweit ich sehe, ziehen die Landis oft Letzteres vor. Keiner von beiden kocht gern. Meistens lassen sie sich die Mahlzeiten liefern, gehen oft im Restaurant essen oder bei Claudias Mutter, die in der Stadt lebt und sich als gute italienische *mamma* nichts mehr wünscht, als Leute um ihren Tisch zu versammeln.

Claudia kommt wieder nach unten, ihre Augen sind verschwollen, ihre Haut grau.

Trotzdem ist sie eine irre schöne Frau, von der Sorte, bei

der man sich leicht den Hals verrenkt, wenn man ihnen auf der Straße begegnet. Ich bewundere ihre Eleganz und würde etwas drum geben, nur ein Zehntel ihrer Garderobe zu besitzen. Mit einer ihrer Handtaschen könnte ich die Miete für ein ganzes Jahr bezahlen.

Sie ist jünger als ich. Etwa fünfunddreißig, und arbeitet in der mit ihrem Mann gegründeten Firma als Immobilienmaklerin. Doch seit ein paar Monaten treffe ich sie freitags immer öfter zu Hause an. Natürlich habe ich mich nie getraut zu fragen, warum.

»Éléonore?«

»Ja?«

»Ich muss etwas frische Luft schnappen.«

»Gut, keine Sorge, wenn ich gehe, stelle ich die Alarmanlage an.«

»Wollen Sie nicht mitkommen?«

»Hm, wohin?«

»An den Strand.«

»Aber ... die Hausarbeit, und ich habe auch keinen Badeanzug.«

»Die Hausarbeit kann warten. Einen Badeanzug kann ich Ihnen leihen.«

So begleite ich sie, ohne näher zu wissen, warum. Zum zweiten Mal im Leben bin ich an einem Privatstrand, seit ich hier wohne. Beim ersten Mal waren Sascha und ich noch zusammen. Wir waren einen ganzen Tag mit den Kindern dort, um ihren dritten Geburtstag zu feiern.

Der Ort ist sehr vornehm. Claudia ist hier Kundin, sie hat das ganze Jahr über einen Sonnenschirm und ihre Strandliegen in der ersten Reihe. Ich fühle mich extrem unwohl. Ihr Badeanzug ist zwar sehr chic, aber er rutscht mir ständig in die Poritze. Das ist peinlich, denn es ist ja mein Hintern, aber ihr Badeanzug.

Ich weiß nicht, was sie hier von mir erwartet, also lege ich mich auf den Liegestuhl neben sie, rege mich nicht und blicke auf das Meer, das heute Morgen spiegelglatt ist. Wir sind mit dem Motorroller hergekommen – das ist praktisch, wenn man nicht miteinander reden will. Als wir aber unter dem Sonnenschirm sitzen, wird die Lage peinlich.

»Sie sind Französin, Éléonore, richtig?«

»Ja, ich komme aus Nizza.«

»Ich kenne Frankreich ein bisschen. Ich habe nach dem Studium zwei Jahre in Paris gelebt. Ich mag die Energie dieser Stadt. Fahren Sie oft nach Hause?«

»Ziemlich selten.«

»Haben Sie dort Verwandte?«

»Ja, aber ich habe nur wenig Kontakt zu ihnen.«

»Und wie sind Sie hier gelandet?«

Was für ein Verhör! Bald fragt sie mich noch, ob ich eine gute Verdauung habe.

Ich habe keine große Lust, ihr mein Leben zu erzählen, deshalb versuche ich, es schnell hinter mich zu bringen.

»Der Vater meiner Kinder kriegte ein Jobangebot, als ich schwanger war ... Es sollte nur für ein paar Monate sein, aber jetzt sind es fast siebzehn Jahre.«

»Kinder verändern vieles.«

»Das kann man wohl sagen! Vor allem, wenn es gleich zwei sind.«

Sie lächelt mich traurig an. Ich traue mich nicht, sie zu fragen, ob sie gern Mutter wäre. So eine Frage sollte niemand einer Frau stellen. Man ahnt ja nicht, wie sehr man sie damit in Verlegenheit oder eine peinliche Lage bringen oder sie sogar verletzen kann.

Außerdem kenne ich die Antwort sowieso. Die Spritzen, die ich jede Woche in ihrem Kühlschrank finde, zeigen es deutlich: Nicht, dass sie es nicht wollte, im Moment gelingt es ihr einfach nicht.

»Ich gehe nicht gern an den Strand«, sagt sie und starrt auf den Horizont.

Ihr Gesicht ist ganz ausdruckslos und drückt keinerlei Emotionen aus.

»Ach, wirklich?«

»Man bringt jede Menge Sand mit nach Hause und das Meer ist ziemlich ekelhaft.« Mit den Stränden von Sardinien und Apulien kommt das hier nicht mit. Aber dieses Jahr hatte ich keine Lust hinzufahren.

»Na gut, Claudia. Ich weiß nicht so recht, warum Sie mir vorgeschlagen haben mitzukommen. Danke für Ihre Aufmerksamkeit, es ist schöner hier, als Toiletten zu schrubben ... Ich kann die Stunden morgen nachholen, wenn Sie wollen, aber jetzt muss ich leider gehen, Sie brauchen mich nicht nach Hause zu fahren, ich nehme den Bus.«

»Ich habe Sie gebeten mitzukommen, um sicherzugehen, dass ich mich nicht vor einen Lastwagen werfe.«

Vier Violinen, ein Cello, ein Kontrabass und ein Cembalo.
Vivaldis Vier Jahreszeiten *erklingen in der Kapelle.*
Einer der Geiger ist gleichzeitig Dirigent. Da seine Hände beschäftigt sind, kann er sie zum Dirigieren nicht verwenden. So gibt er seine Anweisungen mit seinem Mienenspiel. Bei ernsten Klängen zieht er eine Augenbraue hoch, bei hellen Tönen lächelt er, mit einem Kopfnicken ermutigt er die Musiker, mit lebendigem und klarem Blick treibt er sie an.
Ihre Bewegungen werden von seiner Mimik gesteuert wie Schiffe von einem Leuchtturm.
Ich weiß nicht, was mich am meisten anrührt. Der Ort hier, die Musik oder die gegenseitige Durchdringung von Musiker und Dirigent.

Freitag

Signor D'Amato
Corso Vittorio Emanuele, Salerno

Hier ist meine letzte Baustelle in dieser Woche. Manchmal bügele ich samstags bei Caterina, damit das Geld für den Monat reicht; aber morgen braucht sie meine Hilfe nicht. So gönne ich mir zwei volle Tage Ruhe.

Darüber bin ich froh und zugleich auch etwas beunruhigt. Ich habe Angst, mit meinen Gedanken allein zu sein und dadurch Leere zu erfahren.

Mein Telefon klingelt, als ich gerade mit den Händen in der Toilettenschüssel bin.

Ich ziehe meine Handschuhe aus, renne zu meiner Handtasche, die im Eingang liegt, und rutsche beinahe auf dem Flurteppich aus.

Ich fürchte mich mehr, einen Anruf von Marco zu verpassen, als mir das Rückgrat zu brechen. Liebe macht einen völlig dumm ... oder querschnittsgelähmt. Man müsste dies drucken und auf den Kopf der Typen kleben, die uns unseren verdrehen, so wie die Warnhinweise auf den Zigarettenschachteln.

Es ist Sascha.

Als ich drangehe, versuche ich, den Tonfall meiner Stimme zu kontrollieren, damit er nicht merkt, wie verärgert ich aus Enttäuschung bin.

»Was ist los, Liebes? Du weißt, du kannst mir alles sagen.«

»Hör auf, mich Liebes zu nennen! Ich hab es dir schon tausendmal gesagt. Wenn ich deine Frau wäre, würde ich dich lebendig begraben.«

»Aha, es geht dir wirklich nicht gut! Meine Frau kann kein Französisch, wie du weißt. Éléonore, ich bin doch da. Hast du Geldsorgen?«

»Nein, Sascha, ich hab keine Geldsorgen. Alles okay.«

»Also gut, wie du willst. Ich würde die Zwillinge gern am Wochenende bei mir haben, wenn dir das nichts ausmacht. Chiara fragt den ganzen Tag nach ihnen, es ist die Hölle.«

Chiara ist die kleine Schwester meiner Kinder; sie ist zwei Jahre alt und unglaublich süß.

Sie sieht Andrea sehr ähnlich, und Élise würde für sie sterben. Ich mag das kleine Mädchen sehr. Sie bringt Abwechslung in den Alltag meiner Zwillinge. Aber seit sie da ist, sehe ich sie seltener. Ich kann mit einem niedlichen, molligen Baby nicht mithalten.

»Das ganze Wochenende? Wenn sie einverstanden sind, hab ich sowieso keine Wahl ...«

»Sie kommen natürlich zwischendurch bei dir vorbei. Du weißt doch, dass sie es nie lange ohne ihre geliebte Mama aushalten. Danke, Lieb ... Éléonore. Ich mag dich!«

Ich ärgere mich, dass ich so unfreundlich war. Ich ärgere mich, dass ich ein bisschen eifersüchtig auf das kleine Mädchen bin, das mir das Herz meiner Kinder stiehlt. Mich ärgert, dass ich Marco nicht aus dem Kopf kriege. Mich ärgert, dass er so viel Einfluss auf meine Stimmung hat.

Ich habe Lust, ihm eine Nachricht zu schicken. So nehme

ich die Brettposition ein, ziehe den Bauch ein, kneife den Hintern zusammen und stelle die Stoppuhr auf eine Minute.

Wenn ich so weitermache, habe ich in zwei Wochen Marmor anstelle eines Bauchs.

Zum Glück ist diese Wohnung immer noch leer, so kann mich keiner in dieser komischen Stellung überraschen.

Soweit ich verstanden habe, lebt mein Kunde allein, zwischen Salerno und Rom. Und obwohl ich hier schon sieben Monate arbeite, habe ich ihn noch nie gesehen.

Caterina hat ihn für mich entdeckt, er ist Kunde in ihrer Reinigung, und da sie sich oft sehen, sind sie fast Freunde geworden. Er vertraut ihr blind, und als sie mich ihm empfohlen hat, hat er mich eingestellt, ohne mit der Wimper zu zucken, und ihr einen Zweitschlüssel gegeben, damit ich in seiner Abwesenheit in seine Wohnung gelangen kann.

Jede Woche legt er mir einen Umschlag auf den Tisch. Wenn er unterwegs ist, schreibt er mir eine SMS und bezahlt mich in der folgenden Woche. Es ist perfekt geregelt, er vergisst es nie.

Ich finde nur sehr wenige Hinweise darauf, was für ein Mensch er ist. Es ist eine mit Geschmack eingerichtete Junggesellenwohnung, und nur zwei Fotos bringen ein wenig Menschlichkeit hinein. Ein Rahmen mit dem Bild eines Paares um die sechzig – sicher sind das seine Eltern – und ein altes, ein wenig unscharfes Polaroid, das einen Augenblick glücklichen Lebens zeigt – zwei junge Leute, die, wie ich vermute, zusammenleben.

Das Foto lag lange auf dem Nachttisch, aber seit Beginn des Sommers ist es verschwunden.

Um 19 Uhr bin ich mit der Arbeit fertig.

Der Rücken tut mir weh, meine Hände sind kaputt. Ich sehe mich im Spiegel im Hauseingang und habe Mitleid mit mir.

Ich komme mir hässlich vor und bin traurig. Und furchtbar allein.

Samstag

Éléonores Wohnung
Via Camillo Sorgente, Salerno

Ich wache mit einem flauen Gefühl im Magen auf.

Ich habe eine schreckliche Nacht verbracht, so wie die zuvor. Gegen vier Uhr morgens bin ich auf dem Bett meiner Tochter eingeschlafen. Ihren Geruch auf dem Kopfkissen wahrzunehmen, hat mich beruhigt.

Seit Monaten habe ich keinen erholsamen Schlaf mehr.

Marco und ich hatten nur selten Gelegenheit, uns zu sehen, und wenn wir uns schrieben, geschah es meistens nachts. Von der Arbeit am Tag war ich zwar fix und fertig, blieb aber immer in Alarmbereitschaft, um keine Nachricht oder keinen Anruf zu verpassen.

Die seltenen Morgen, an denen ich ein »Schläfst du, *Bella*?« entdeckte, das schon mehrere Stunden alt war, wurde ich fast verrückt. Ich nahm mir übel, dass ich das bisschen Zeit, das er mir widmen konnte, verpasst hatte.

Mir war klar, wie abhängig ich von diesem Mann war. Ich brauchte nichts als Luft und ihn.

Nichts anderes zählte mehr.

Ich frage mich, wann ich endlich wieder schlafen und normal leben kann.

Wie immer, wenn ich nichts zu tun habe, lasse ich den Film unserer Geschichte an mir vorüberziehen.

Ich bewege mich in einer Endlosschleife. Von einem Phantom verfolgt. Ich denke an jedes Detail und kann nicht verstehen, warum ich mir diese Qualen zufüge. Es ist einfach stärker als ich.

Hätte es anders verlaufen können? Oder war unsere Beziehung von Anfang an zum Scheitern verurteilt?

Nach unserer ersten Begegnung habe ich mir ein paar Tage Zeit genommen, um auf Marcos erste Nachricht zu antworten. Ich war neugierig auf diesen Mann, aber etwas sagte mir schon damals, ich sollte mich lieber fernhalten ... Ich hätte auf meinen sechsten Sinn hören sollen. Er ist wie Essig auf Kalk: furchterregend.

Schon die Art, wie er meinen Nachnamen gefunden hatte, den ich ihm im Wartezimmer nicht genannt hatte, fand ich seltsam.

Auf der Patientenliste auf dem Schreibtisch des Arztes.
Ich merkte mir die Namen der Frauen darauf,
und als du mir deinen Vornamen genannt hast,
musste ich sie nur noch zusammenbringen.

Über ein solches Verhalten hätte ich erschrocken sein müssen.

Da ich aber genau das Gleiche hätte tun können, hatte mich sein Hinweis eher amüsiert.

Er war von Anfang an ziemlich direkt. Er fand mich schön, fühlte sich magnetisch angezogen und schien noch nie etwas Ähnliches empfunden zu haben. Er wollte mich wiedersehen.

Wir sind uns gegenseitig auf Instagram gefolgt. Ich wollte schnell mehr über diesen geheimnisvollen Mann wissen, aber ich fand in seinem Account nur fünfunddreißig Fotos, davon zweiunddreißig mit Landschaften.

Dieses Verhalten im Internet ärgert mich sehr – keiner interessiert sich für Landschaften! Die Leute wollen nur Dinge über das Privatleben anderer erfahren, sonst können sie ihre ungesunde Neugier doch gar nicht stillen!

Dank der anderen drei Bilder konnte ich immerhin feststellen, dass er in Badehose verdammt sexy aussah, dass er sich mit seinem Bruder Spiele der Salernitana ansah und zwei Kinder hatte, so wie ich.

Eine knappe Woche später verabredete er sich mit mir. Für unseren ersten Abend schlug er vor, mich abzuholen und in Paestum essen zu gehen. Jahrelang hatte ich in geringer Entfernung von dieser großartigen antiken Anlage gelebt und war nie dort gewesen.

Wir gingen lange zwischen den griechischen und römischen Ruinen spazieren, und ohne große Umschweife teilte er mir mit, dass er verheiratet sei.

Ich lachte nervös, denn im Grunde hatte ich damit gerechnet. Ich wusste, dass an der Sache ein Haken war, deshalb antwortete ich in sarkastischem Ton:

»Und jetzt erzählst du mir noch, dass du dich gerade trennen und scheiden lassen willst, stimmt's?«

»Nein, ganz und gar nicht ... Ich will mich nicht scheiden lassen.«

»Oh, damit hatte ich gar nicht gerechnet, immerhin bist du ehrlich.«

»Ich will dich nicht anlügen.«

»Und was genau erwartest du von mir? Dass ich deine Geliebte werde?«

»Ich weiß es nicht. Wie ich dir in meiner ersten Nachricht gesagt habe, ist mir das vorher noch nie passiert. Ich habe meine Frau nie betrogen. Auch keine andere Frau übrigens.«

»Du glaubst nicht, es wäre besser, so weiterzumachen?«

»Du hast recht, das sage ich mir ja ständig selber. Aber als ich dich sah, ich kann nicht erklären, was ich da empfunden habe ... Unmöglich, dich aus dem Kopf zu kriegen, Éléonore.«

Was er in den ersten Tagen erlebt hatte, das erlebe ich jetzt seit Monaten. Jetzt verstehe ich ihn.

Es ist noch sehr früh, als ich ein Klopfen an der Tür höre. Ich ziehe einen Morgenrock über meinen alten *Friends*-Pyjama und frage mich, wer das sein kann – die Zwillinge nicht, sie haben einen Schlüssel. Vielleicht Caterina? Manchmal kommt sie auf einen Kaffee vorbei.

»Laura?«

Ich kann ihre verquollenen Augen unter ihrem langen schwarzen Haar kaum erkennen.

»Kann ich ein bisschen bei dir bleiben?«

»Na klar, komm rein!«

Laura geht mit meinen Kindern aufs Gymnasium. Sie kennen sich seit der sechsten Klasse und stehen sich alle drei sehr nah. Sie fühlt sich wohl bei uns und verbringt gern Zeit hier.

»Es hat wieder angefangen«, sagt sie weinend.

»Dein Vater?«

»Nein, diesmal war es Mama.«

Ich nehme sie in den Arm. Sie schluchzt und ich versuche, sie so gut wie möglich zu trösten.

Ich bin wütend auf ihre Eltern, die sie verbal, aber manchmal auch körperlich misshandeln.

Laura fürchtet, dass sie in ein Heim kommt, und bittet mich deshalb, nichts zu verraten, weder der Polizei noch dem Sozialamt etwas mitzuteilen, aber ich muss mich immer mehr beherrschen, es nicht zu tun.

Bis dahin mache ich das Einzige, was mir das Gefühl gibt, nicht ganz machtlos zu sein: Ich biete ihr Schutz und etwas Ruhe.

Heute Morgen mache ich ihr ein schönes Frühstück. Ich sehe zu, wie sie behutsam ihr Brot in den Mund steckt. Wie kann man diesem Kind nur wehtun?

»Möchtest du mir erzählen, was passiert ist?«

Sie schüttelt den Kopf.

»Okay. Ich habe heute nichts weiter vor. Hast du Lust auf etwas Bestimmtes? Sollen wir an den Strand gehen?«

Sie zuckt mit den Schultern und gibt mir zu verstehen, dass sie nichts dagegen hat.

Wir packen ein paar Sachen ein, ich mache Sandwichs mit Thunfisch und Tomaten und lege in einen kleinen Kühlbeutel eine Flasche Wasser und frische Feigen, die mir Caterina mitgebracht hat. *Andiamo!* Mein alter Clio bringt uns ans Meer.

Im Nu ist der Vormittag vorbei. Nach dem Mittagessen machen wir einen Spaziergang am Wasser entlang, um das riesige *panino*, das wir verzehrt haben, besser zu verdauen.

»Wie ist das Meer dort, wo du aufgewachsen bist?«

»Mhm ... sauberer als hier. In Nizza ist das Wasser kristallklar. Aber es sind Kieselsteinstrände, das tut an den Füßen verdammt weh!«

»Waren deine Eltern cool?«

»Das fällt mir nicht als Erstes ein, wenn ich an sie denke.«

»Ich hätte gern eine so nette Mutter wie dich, Élé.«

Ich nehme sie bei der Hand und lächele ihr zu. Ich bin zwar nicht ihre Mutter, bin aber doch ein wenig für sie da.

Nach einer knappen Viertelstunde erreichen wir den Lido, an dem ich gestern mit Claudia war. Sie sitzt unter ihrem Sonnenschirm.

Als Erstes fällt mir ihr breites Lächeln auf. So habe ich sie, glaube ich, noch nie gesehen.

Sie hält ein kleines Mädchen in den Armen, das auf dem Kopf winzige farbige Zöpfe trägt, ein Eis isst und sich ihren ganzen Körper damit einschmiert.

Sie sind sich selbst genug, und ich spüre, dass dies ein besonderer Moment ist. Ich will sie nicht stören. Bevor sie mich entdeckt, schlage ich Laura vor, kehrtzumachen und schwimmen zu gehen.

Sonntag

Éléonores Wohnung
Via Camillo Sorgente, Salerno

Es ist sieben Uhr, Laura schläft in Élises Bett, die Hände zu lockeren Fäusten geballt.

Gestern nach dem Tag am Strand hat sie vorgeschlagen, ein typisch römisches Gericht zu kochen, *spaghetti cacio e pepe*, und beim Essen auf Netflix eine Serie anzuschauen.

Für ihr Alter ist sie eine hervorragende Köchin und das von ihr ausgesuchte Rezept ist nicht einfach!

Sie braucht nur drei Zutaten: Pfeffer, *pecorino romano* und Nudeln. *Basta!*

Die Schwierigkeit besteht darin, aus dem Kochwasser und geriebenem Parmesan eine cremige Sauce zu machen. Um Klumpen zu vermeiden und eine richtig gute Sauce zu machen, muss man sehr geschickt sein.

Laura hat die Herausforderung angenommen. Es war köstlich und ich habe einen zweiten Teller verlangt, vor »Generation 56k«, einer italienischen Miniserie, die gerade herausgekommen ist.

Wir haben es auf sechs Folgen gebracht, auf dem Gesicht eine Reinigungsmaske, und für ein paar Stunden habe ich fast nicht an Marco gedacht.

Beinahe ... Ich habe nur einmal pro Stunde im Netz nach ihm gesucht und nicht alle zehn Minuten.

Das hat mir sehr gutgetan.

Langsam habe ich auch wieder Appetit. Vorher hatte ich nicht mehr zum Vergnügen gegessen, sondern nur noch, um mich auf den Beinen zu halten.

Seit ich Marco begegnet bin, habe ich sieben Kilo abgenommen, weil ich mich von nichts anderem ernähren wollte als von ihm. Mein Bauch war so mit den dort Macarena tanzenden Schmetterlingen beschäftigt, dass er nichts anderes brauchte.

Auch er hat an Gewicht verloren, seit wir uns kennen. Er war Mitglied in einem Fitnessstudio geworden – ich fürchtete schon, dass diese neue Gewohnheit seine Frau alarmieren könnte: Gewichtsverlust und plötzliche Lust, Sport zu treiben, sind eigentlich untrügliche Zeichen.

Ich wollte nämlich auf keinen Fall, dass Paola, seine Frau, etwas von unserer Beziehung erfährt. Selbst ohne sie zu kennen, hätte ich nicht ertragen, sie zu verletzen, ihre Familie zu zerstören.

Ich schämte mich schon für das, was ich tat. Schämte mich, die illegale Frau, die Schlampe, die Schuldige zu sein, diejenige, die leicht zu hassen ist.

Ich habe ihr gegenüber auch nie Eifersucht verspürt.

Marco redete praktisch kaum darüber. Wenn wir uns trafen, taten wir so, als gäbe es nichts und niemand anderen. Das war für alle das Beste.

Schon seit einer Stunde bin ich auf TikTok unterwegs.

Ich habe vor einem Monat ohne große Überzeugung damit angefangen, weil meine Kinder mir dauernd Links mit lustigen Videos schickten. Aber dieses Netz ist ein großes Übel!

Der Algorithmus ist so raffiniert, dass man ganze Tage darin verbringen kann.

TikTok ist ein Zauberer, der mein Leben und meine Vorlieben besser kennt als ich selbst. Das Ding liest in meiner Seele. Es weiß, welche Videos ich brauche und wann ich sie brauche.

Zuerst hat es mir Tutorials mit Haushaltstricks geschickt mit schmutzigen Teppichen, die mit Kärcher gereinigt wurden (sehr zufriedenstellend und faszinierend), oder Choreographien von Disco-Hits.

Seit der Trennung schickt es mir jede Menge Videos über Hellseherei und das *dream team* des Tarot. Alle Karten sagen mir mehr oder weniger dasselbe: Ein Mann denkt an Sie, er kommt wieder, er nimmt bald wieder Kontakt zu Ihnen auf, er liebt Sie, Sie sind Zwillingsflammen, sie haben eine karmische Verbindung …

Was soll diese Hexerei?!

Am Anfang habe ich gezappt. Aber je mehr ich den Mangel spüre, desto mehr halte ich mich an den unterschwelligen Botschaften meiner virtuellen Hellseherinnen fest wie an einem Rettungsring.

Wie erbärmlich von mir.

Ich rüttele mich auf und beschließe, auf den Markt zu gehen. Er findet jeden Sonntag nahe der Altstadt von Salerno statt. Ich mag die familiäre und feierliche Atmosphäre dort.

Ich habe das gelbe Wickelkleid meiner Tochter und Sandalen angezogen, mein Haar hochgesteckt, ein bisschen Rouge auf die Wangen aufgetragen und etwas Lippenstift genommen.

Vor Marco ging ich im Jogging-Anzug auf den Markt, aber

seit ich fürchte (oder große Lust habe), ihm an jeder Straßenecke zu begegnen, gehe ich nicht mehr ohne ein Minimum an Glamour vor die Tür.

Zwischen zwei Ständen stehe ich plötzlich vor einem Teil der Familie Ferrara. Ich habe das Karma eines Katzenmörders.

Ich bemerke sofort die Panik in den Augen von Signora Ferrara. Ist ja schon gut, entspann dich! Ich bin nicht völlig dumm. Du brauchst mich und ich brauche dich; ich werde schon nicht alles kaputtmachen. Ich lächele ihr diskret zu und gehe weiter.

Ich kaufe Obst und Gemüse, ein bisschen Käse, Oliven, *lupini* und Aufschnitt. Ich bleibe an einem Kleiderstand stehen, wo mir bunte Pareos ins Auge gefallen sind.

»Cinque euro, Signora. Praticamente lo regalo!«

Der Verkäufer versichert mir, zu diesem Preis sei es wie geschenkt. Doch zum Monatsende ist mein Konto leer. Und bei mir beginnt das Monatsende eigentlich schon am Fünften. Also ein anderes Mal.

Auf dem Rückweg kann ich mir einen Umweg über Marcos Straße nicht verkneifen.

Ich will wissen, ob sein Auto da ist. Das zu erfahren, bringt mir absolut nichts, das weiß ich, aber ich habe den Eindruck, dass ich bis zu seinem Haus ferngesteuert worden bin.

Es steht da, am gewohnten Platz.

Großartig, Inspektorin Éléonore! Was machen wir mit dieser wichtigen Nachricht?

Ich finde es so dumm von mir, dass ich es nicht schaffe, einen Schlussstrich zu ziehen. Ich komme mir vor wie eine Verrückte und spüre, wie vage Wut in mir aufsteigt. So drehe ich die Musik im Auto laut auf und singe bei offenem Fenster, oder brülle besser gesagt:

»Il avait les moooots, m'a rendue accrooooo, je voyais déjàààà l'avenir dans ses bras!«

(Mit Worten hat er mich abhängig gemacht, ich sah mich künftig schon in seinen Armen).

Oh je, wie bescheuert bin ich doch! Wie konnte ich mich nur so in die Scheiße reiten, Sheryfa? Du hattest mich doch gewarnt!

Zu Hause warten die Kinder mit Laura auf mich. Ich umarme sie und schnuppere an ihnen, als hätte ich sie seit Tagen nicht gesehen.

Danach beiße ich sie vor lauter Liebe in den Arm.

Sie bemerken diese ziemlich seltsame Art, ihnen meine Zuneigung zu zeigen, kaum noch. Ich glaube, ich habe das schon immer gemacht. Wenn Küsse und Streicheln nicht genügen, beiße ich die Menschen, die ich liebe.

Andrea hilft mir, die Einkäufe wegzuräumen, Élise und Laura erzählen sich den letzten Tratsch, während sie sich die Nägel machen. Sie bleiben nicht zum Essen, sie hatten nur Lust, mich zu sehen.

Mir genügt es. Ich genieße jeden Augenblick mit ihnen.

Bevor ich mein Portemonnaie wegräume, nehme ich die zwei Euro siebzig, die noch darin sind, und stecke sie in die Spardose.

»Wie viel hast du jetzt da drin, Mama?«, fragt Élise.

»Das weiß ich nicht, Liebes. Noch ein wenig Geduld. Ich öffne sie, wenn ich vierzig werde.«

Überall Bücher.
Hunderte.
Stapel bis zur Decke, die bis nach draußen reichen, einen kleinen Hof.
Bücher, durch Meer und Regen zerfleddert, bilden eine Treppe, auf der man hochsteigen kann, um die Aussicht zu genießen.
Tausende Wörter, die unbedingt gelesen werden wollen.

Montag

Dottore Di Martino
Corso Giuseppe Garibaldi, Salerno

Heute Morgen habe ich Schmerzen an den Schultern: ein Sonnenbrand.

Ich glaube, sich zu verlieben, ist ungefähr das Gleiche.

Man gibt sich einem schönen Gefühl hin, streckt die Waffen, vergisst, sich zu schützen, und hinterher tut es sehr, sehr weh.

Auch wenn ich Marco heute hasse, weil er mir fehlt und seine Abwesenheit unerträglich ist, muss ich doch zugeben, dass er mir gegenüber immer ehrlich war.

Zu Beginn unserer Geschichte schien er wirklich von seinen Empfindungen überrascht zu sein. Es hatte ihn einfach überkommen.

Er gibt zu, dass er verheiratet ist. Ich antworte, dass ich eine solche Beziehung nicht will. Er versteht es. Aber dann ...

Nach einer wunderbaren Mahlzeit trennten wir uns und versprachen, uns vielleicht in einem anderen Leben wieder zu begegnen.

Zwei Tage später fing er wieder an, mir zu schreiben.

Ich habe seine Nachrichten ignoriert. Zwei Tage vergingen ... Ich antwortete so kalt wie irgend möglich. Das genügte, ihn noch einige Zeit fernzuhalten. Dann kam er zurück.

Dieses Theater dauerte zwei Monate, und je mehr Zeit verging, desto bewusster wurde mir, dass ich, immer wenn er verschwand, hoffte, dass er wiederkommt.

Da wir einmal damit angefangen hatten, gerieten wir immer weiter in die Falle hinein, die wir uns selbst gestellt hatten, ohne es zu wollen.

Jetzt ist es Zeit für meinen Montagmorgenkaffee auf dem Balkon des Dottore.

Ich suche auf Google: Wie wird man mit Liebeskummer fertig?

Zugegeben, das ist idiotisch. Aber das Internet hat auf alles eine Antwort, vielleicht kann es mir auch jetzt helfen.

Ein paar Tage frei nehmen, den Geist auslüften, ausgehen, reisen, Freunde treffen, auf andere Gedanken kommen.

Ja ja, *grazie al cazzo!* Nichts als das Übliche und keine Lösung, die Wunder wirkt.

Ich bin zu sehr aufs Geldverdienen angewiesen, um Ferien zu machen, ich habe nicht genug, um wegzufahren, und das Einzige, was ich lüfte, sind die Räume dieser Wohnung.

Ich kehre gerade zu meinen Wischlappen zurück, als ich höre, wie die Tür aufgeht.

»Ah, Éléonore, Sie sind da!«

»Guten Tag, Dottore. Haben Sie heute keine Sprechstunde?«

»Nein, ich habe mir freigenommen. Und ich brauche Sie!«, erklärt er und stellt zwei große Tüten auf das Sofa. »Ich habe mir zwei neue Anzüge gekauft. Können Sie mir sagen, wie Sie sie finden?«

»Natürlich.«

Der erste Anzug ist hochelegant. Marineblau, dazu ein Hemd in einem helleren Blau.

»Ich trage lieber keine Krawatte, Ich finde, das ist etwas zu viel.«

»Der passt Ihnen genau, Sie sind sehr chic.«

»Ich bin in Panik, Éléonore.«

»In Panik, Dottore? Aber wieso denn?«

»Ich habe eine Verabredung.«

Er verkündet es mir mit dem Blick eines kleinen Jungen. Es herrscht Panik an Bord des Dottore.

»Das ist ja eine wunderbare Neuigkeit! Ich weiß nicht, wer die glückliche Erwählte ist, aber so, wie Sie angezogen sind, muss sie einfach schwach werden!«

»Ich hatte vierzig Jahre kein Rendezvous. Ich weiß nicht mehr, wie das geht, und finde mich erbärmlich.«

Ich würde ihm gern sagen, wie gut ich ihn verstehe. Dass Liebe uns in seltsame Zustände versetzt, dass es schwer ist, neu anzufangen, wenn man schon sehr geliebt und gelitten hat.

Aber ich will positiv bleiben, um ihm Mut zu machen.

Niedergeschlagen lässt er sich auf dem Sofa nieder. Ich setze mich neben ihn und lege meine Hand auf seinen Arm.

»Solche Dinge vergisst man nicht, Dottore.«

»Ich fühle mich schuldig ... Wie kann ich das meiner Frau antun ... Möge sie in Frieden ruhen. Verzeihung, Éléonore, dass ich Sie mit meinen Geschichten belästige. Ich weiß nicht, was mit mir los ist, aber ich weiß auch nicht, mit wem ich darüber reden soll. Mein Sohn hat anderes zu tun. Und meine Tochter ... meine Tochter stand ihrer Mutter so nah, dass sie es niemals akzeptieren würde.«

»Alles zu seiner Zeit, Dottore. Ihre Kinder müssen es ja nicht gleich erfahren. Sie wollen doch nicht sofort mit dieser Dame zusammenziehen, oder? Es ist doch das erste Rendezvous. Versuchen Sie, diesen Moment zu genießen. Ich bin ganz sicher, dass Ihre Frau sich über Ihr Glück freuen würde.«

»Da sieht man, dass Sie sie nie kennengelernt haben. Sie war extrem eifersüchtig. Wenn sie mich von oben beobachtet, sucht sie sicher schon danach, wie sie herunterkommen und mir die Augen auskratzen kann!«

Ich lache und fordere ihn auf, mir den zweiten Anzug zu zeigen.

»Ja, ich ziehe ihn an, warten Sie.«

Der zweite Anzug steht ihm auch sehr gut. Ich rate ihm, diesen anzuziehen. Hellgrau, das sei ungezwungener, und er solle auch Blumen mitbringen.

»Blumen, sehr gut, das schreibe ich mir auf.«

»Haben Sie schon ein Restaurant ausgesucht?«

»Sie ... sie hat mich zu sich nach Hause eingeladen.«

»Wow, das ist ja noch besser«, sage ich mit einem Augenzwinkern.

Er wird rot und sagt dann schüchtern:

»Ich habe es nicht sehr weit, sie wohnt hier im Haus. Es ist die Nachbarin von oben. Ich weiß nicht, ob Sie ihr schon mal begegnet sind. Sie ist vor kurzem hier eingezogen. Neulich habe ich ihr geholfen, ihre Einkaufstaschen nach oben zu tragen. Der Aufzug war mal wieder stehengeblieben. Wir haben geplaudert, und wie es sich so ergibt, habe ich ihr einen Kaffee angeboten. Vollkommen dezent natürlich.«

»Natürlich.«

Jetzt verstehe ich das mit dem Ohrring besser.

»Wir haben stundenlang diskutiert, ohne zu merken, wie die Zeit verging. Das ist mir so lange nicht mehr passiert! Ach, Éléonore, Sie finden mich sicher lächerlich. Ich habe in der folgenden Nacht dauernd daran gedacht und kein Auge zugetan. Am nächsten Tag fand ich in meinem Briefkasten eine handgeschriebene Einladung zum Abendessen ... Das ist morgen Abend.«

Ich finde ihn keineswegs lächerlich, vielmehr sehr rührend. Und ich habe den Eindruck, dass er zehn Jahre jünger geworden ist.

Wenn ich nicht so leiden würde, hätte auch ich fast Lust, eines Tages der Liebe eine neue Chance zu geben.

Dienstag

Signora Rizzo
Via Spinosa, Salerno

»Élé! Élé!«

Geraldina brüllt meinen Namen, sobald sie hört, dass ich die Tür öffne.

Ich renne zu ihrem Bett. Ich fürchte, sie ist herausgefallen, wie es vor ein paar Wochen passiert ist. – Gott sei Dank kam sie mit dem Schrecken davon.

»Ich bin da! Was ist los? Geht es Ihnen nicht gut?«

»Éléonore, ich habe ihn gesehen!«

»Wen denn?«

»Deinen Liebsten! Marco!«

»Tatsächlich?«

»Ich konnte kaum erwarten, dass du kommst, um es dir zu sagen …«

Sie ist erregt wie ein aufgescheuchtes Huhn.

Ich ärgere mich, dass ich ihr Fotos von Marco gezeigt habe. Wenn sie jetzt alles der Krankenschwester oder einer Freundin erzählt?

Ich versuche, mich zu beruhigen, ich vertraue ihr, die Signora weiß, dass es katastrophale Folgen haben könnte, wenn sie es weitersagt. Das würde sie nicht tun.

Ich setze mich auf den Sessel neben dem Bett.

»Wo haben Sie ihn gesehen?«

»In Villa Comunale. Matilde, die Schwester, war dort mit mir spazieren. Ich habe ihn gleich erkannt! Er sieht in echt noch viel besser aus.«

Ich lächele. Villa Comunale ist DER Park von Salerno. Geraldina, die Pflanzen liebt, mag diesen kleinen Garten Eden, in dem es seltene Arten gibt, sehr. Dort steht auch ein sehr schöner Brunnen, bei dem sie die Eidechsen in der Sonne betrachtet.

»War er allein?«

»Ja. Er saß trübsinnig auf einer Bank. Wenn du das gesehen hättest ... Ich habe Matilde natürlich gebeten, mich ganz in der Nähe abzusetzen, damit ich ihn ausspionieren konnte. So wie du.«

»Geraldina, Sie dürfen so etwas nicht mehr sagen. Ich spioniere ihm nicht mehr n... Also gut. Und dann?«

»Er hielt den Kopf gesenkt und hatte sein Telefon in der Hand. Ich bin sicher, dass er dich anrufen wollte, sich aber nicht traute!«

Diese Information entbehrt jeder Grundlage. Aber sie tut mir sehr gut. Ganz egoistisch hoffe ich, dass auch er ein bisschen leidet. Okay, ich hoffe, dass er *sehr* leidet. Ja, ich hoffe, dass er sehr leidet, dieser Schakal.

»Danke für den Bericht. Jetzt stehen wir auf, und ich mache Ihnen Frühstück.«

»Warte mal, ich bin noch nicht fertig! Stell dir vor, ich habe sogar mit ihm gesprochen ...«

»Was?!«

Panik steigt in mir auf. Sie merkt es und beruhigt mich gleich.

»Keine Sorge! Ich habe ihn gefragt, ob er der Sohn von Michele, dem Metzger, ist.«

»Michele, der Metzger, wer ist denn das?!«

»Keine Ahnung, hab ich mir nur ausgedacht.«

»Sie sind unglaublich!«

»Es war nur ein Vorwand, um mich ihm zu nähern. Das ist für eine alte Dame ganz einfach. Da herrscht kein Misstrauen und alle denken, man sei nicht mehr ganz bei Trost. Wir kamen vom Hölzchen aufs Stöckchen und zwischen zwei Bemerkungen zum Wetter habe ich ihn gefragt, warum er so traurig ist.«

»Oh nein!«

Ich verberge mein Gesicht in den Händen, dann spreize ich die Finger, um zu beobachten, wie das Kind von über neunzig Jahren, das ich vor mir habe, seinen Bericht fortsetzt.

»Er hat mit den Schultern gezuckt und zu mir gesagt: ›*Signora mia*, jemand fehlt mir.‹ Er hat genau diese Worte gebraucht, Éléonore. Das schwöre ich dir!«

Mein Gott. Ich glaube, ich muss mich setzen, dabei sitze ich schon.

»Glauben Sie, dass er mich gemeint hat?«

»Wen denn sonst? *Stupida!* Ich wollte nicht zu verdächtig erscheinen, da habe ich einfach nur gesagt: ›Dann rufen Sie sie doch an, Sie Idiot!‹«

»GLÜCKLICHERWEISE WOLLTEN SIE NICHT ZU VERDÄCHTIG ERSCHEINEN! Geraldina, also wirklich!«

»Keine Sorge, er hat mich angelächelt. Wie gut er aussieht, wenn er lächelt, der Dummkopf. Oh là là, wenn ich jünger wäre, würde ich dabei auch mitmischen! Er hat jedenfalls gesagt, dass er diese Option in Betracht zieht. Dann ist er gegangen.«

»Wann war das?«

»Gestern.«

»Er hat mich aber nicht angerufen.«

»Geduld, Mädchen, Geduld. Er kommt wieder. Sie kommen immer zurück.«

Das ist unmöglich. Es ist, als wäre sie in Verbindung mit den Hellseherinnen von TikTok!

Dienstag

Éléonores Wohnung
Via Camillo Sorgente, Salerno

Ich bin auf Geraldina ein wenig böse, denn ich habe den Rest des Tages mit Warten verbracht – noch mehr als sonst – auf einen Anruf, der nie kam.

Wahrscheinlich hat sie Marco gestern im Park gar nicht getroffen.

Wahrscheinlich war sie überhaupt nicht in dem Park und verliert nur den Kopf.

Und ich klammere mich an jeden winzigen Krümel Hoffnung.

Zum Glück sind die Zwillinge heute Abend zu Hause. Ich frage sie, ob sie Neues von Laura gehört haben, die gestern nach dem Abendessen wieder nach Hause gegangen ist.

»Sie hat vorhin angerufen«, sagt Élise. »Offenbar lief es ganz gut. Der Briefträger ist gekommen. Hier ist ein Einschreiben für dich.«

Dieses Wort löst bei mir ein unangenehmes Gefühl im Magen aus. Meistens verheißen Einschreiben nichts Gutes.

Ich fürchte mich vor jeglichem Papierkram. Sascha kümmerte sich immer um alles, und seit unserer Trennung sammelt sich hier ein Berg ungeordneter Papiere, ungeöffneter Briefe und unbezahlter Rechnungen.

Ich weiß nicht, woher ich diese Abneigung habe, aber ich

putze lieber bei vierzig Grad Toiletten an der Autobahn, wenn alle in die Ferien aufbrechen, als die einfachste Verwaltungsarbeit zu machen.

»Mama, es tut mir leid, aber ich brauche neue Sneaker. Die hier sind mir zu klein.«

Ich muss mich zusammennehmen, um nicht loszuheulen. Dieser Tag ist zu lang und zu beschissen, und das »Tut mir leid« meines Sohnes macht mich fertig.

Er sollte nichts bedauern müssen. Aber er tut es, weil er weiß, dass ein neues Paar Schuhe mich mehrere Tage Arbeit kostet. Auch wenn ich versuche, sie die Belastung knapper Finanzen nicht spüren zu lassen, wissen sie es doch.

Ich nehme mich zusammen.

»Natürlich, mein Schatz. Hast du schon ein Modell gefunden, das dir gefällt?«

»Ich hab ein Paar im Ausverkauf gefunden, das es in meiner Größe noch gibt.«

Er zeigt mir auf seinem Telefon, was er sich wünscht. Ich schaue auf den Preis. Neunundachtzig Euro, fast fünf Stunden Putzen.

»Soll ich Papa fragen?«

»Nein, nein«, sage ich lächelnd. »Ich hab dir doch schon gesagt, um die Schuhe kümmere ich mich. Dein Vater bezahlt ja schon die Kleider. Keine Sorge, ich bestelle sie morgen.«

Er umarmt mich und geht zu seiner Schwester aufs Zimmer.

Ich würde gern eine rauchen, aber auch das ist bei den Preisen für eine Schachtel zum Luxus geworden. Ich war nie eine richtige Raucherin, aber von Zeit zu Zeit mochte ich es.

Ich bin in eine wohlhabende Familie hineingeboren und dort aufgewachsen; im Gegensatz zu meinen Kindern brauchte ich mir nie Sorgen um das Geld meiner Eltern zu machen. Mir hat es nie an etwas gefehlt: Ich hatte einen Schrank voller modischer Kleider und (viel) Taschengeld – so viel, wie ich heute in einer Woche verdiene.

Dann habe ich Sascha kennengelernt. Sein Vater war Arbeiter und seine Mutter arbeitslos. Für mich war das kein Problem, für meine Eltern aber sehr wohl.

Dieser Junge war für ihre Tochter nicht gut genug, und sie waren sicher, dass er nur hinter unserem Geld her war. Ich hätte diesen gefährlichen Menschen verlassen sollen.

Sie haben alles versucht, um uns zu trennen. Wirklich alles.

Als ich schwanger wurde und ihnen sagte, ich hätte nicht vor abzutreiben, warfen sie mich aus dem Haus.

Bei dem Wenigen, was sie besaßen, haben mich meine Schwiegereltern bei sich aufgenommen, sie haben mir Sicherheit gegeben, mich geliebt.

Und Sascha fand einen gut bezahlten Job, aber in Italien.

Da beschlossen wir, unsere Koffer zu packen und uns auf das Abenteuer einzulassen. In den ersten Jahren habe ich mehrmals versucht, wieder Kontakt zu meinen Eltern aufzunehmen. Es hätte mich gefreut, wenn sie ihre beiden einzigen Enkelkinder kennengelernt hätten. Leider haben sie nie reagiert. Ich litt darunter, aber mit der Zeit geht alles vorüber. Oder beinahe.

Früher hatte ich eine Putzfrau. Jetzt bin ich selbst eine.

Immerhin fehlt es meinen Kindern an nichts, und vor allem wissen sie, dass sie etwas besitzen, was mir genommen wurde: die Freiheit, zu leben, wie sie möchten, und zu lieben, wen sie wollen.

Der junge Mann reicht mir seine Hand.
Ich setze einen Fuß auf, dann den anderen. Ich schwanke, aber nur ein wenig; es ist, als wäre ich betrunken.
Trunken von Schönheit.
Es ist 19 Uhr.
Alle bereiten sich aufs Abendessen vor.
Auch ich, ich möchte ihn schmecken und genießen,
den Traum, der endlich wahr wird.

Mittwoch

Signor und Signora Ferrara
Via Roma, Salerno

»Éléonore! Éléonore! Éleonore!«

Signora Ferrara ist heute Morgen zu Hause. Wie eine Furie stürmt sie in die Waschküche, gefolgt von ihrem Yorkshire, der ebenso aufgeregt ist, während ich unter dem strengen Blick von Papst Pius gerade das fünfzehnte Hemd an diesem Vormittag bügele.

»Ja, was ist los?«

»Mein Mann! Er kommt her! Er parkt gerade schon! STELLEN SIE DAS BÜGELEISEN WEG!!«

»Na gut. Und was mache ich dann? Wollen Sie, dass ich mich irgendwo verstecke?«

»Aber nein, Sie Dummkopf! Wir denken uns irgendwas aus …«

Dummkopf? Das wollen wir ja mal sehen, ob ich ein Dummkopf bin! Am liebsten würde ich ihr das Bügeleisen zwischen die Augen halten wie Zézette in *Der Weihnachtsmann ist ein Mistkerl*, aber ich besinne mich: Ich muss meinem Sohn neue Sportschuhe kaufen.

Als der Signore ins Haus kommt, sind wir in der Küche.

»Was machst du denn hier um diese Zeit, Liebling?«

»Im Büro ging das Internet nicht, also konnte ich nicht arbeiten. Guten Tag, wer sind Sie?«

»Ach so, ja, das ist meine Freundin Éléonore, ich kenne sie aus der Gemeinde! Éléonore, dies ist mein Mann Francesco.«

Lieber würde ich abkratzen, als ihre Freundin zu sein, und ich glaube nicht mehr an Gott als an Abmagerungscremes. Ich lächele jedoch blöd und reiche dem Mann die Hand, dem ich zwar die schmutzigen Unterhosen wasche, der aber auf keinen Fall etwas von meiner Existenz erfahren darf.

»Sie ist zu Besuch gekommen. Ich war gerade beim Bügeln, nicht wahr, Éléonore?«

»Ja natürlich! Ich war gerade in der Gegend und nutze die Gelegenheit, mir eine Bibel zu leihen.«

»Eine Bibel?«

Er ist so überrascht, dass ich denke, dass man Bibeln nicht ausleiht, oder wenn, dann nur selten.

»Ach JAA, genau. Sie will eine Bibel aus-leih-en. Sie hat ihre verloren. Ich hole ihr eine Bibel, ja?!«

Signora Ferrara ist so gestresst, dass sie grundlos schreit. Ihr Mann sieht sie erstaunt an; man könnte sie für verrückt halten. Warum musste dieser Dummkopf auch so übertreiben!

»Darf ich mit Ihnen einen Kaffee trinken, bevor ich wieder zur Arbeit gehe? Ich habe eine Pause verdient. Ist dir das recht, Liebling?«

»Hier ist die Bibel, nehmen Sie ... nimm sie gern mit. Wir duzen uns ja, da wir Freundinnen sind. HA, HA, HA! Ja natürlich, wir sind alle Freunde, wir trinken alle zusammen einen Kaffee, Liebster. Aber Éléonore wollte gerade gehen! Nicht wahr, sie hat es eilig.«

»Ja, ich gehe jetzt. Ich brauchte nur die Bibel, ohne die, also wirklich ... ich nicht leben kann! Dieses Buch ist eine wahre Droge, super inspirierend und überhaupt ...«

»Sie werden doch noch zwei Minuten Zeit haben! Nehmen Sie Platz, meine Frau macht uns einen Kaffee. Bitte, Liebling.«

Natürlich stürzt sie gleich in die Küche. Kannst du deinen Kaffee nicht selber machen, Witzbold?

Und dann dauernd dieses »Liebling«: Wie ein Smiley nach einer aggressiven SMS. Man kann es ja als Satzzeichen benutzen, aber wenn man vorher Scheiße redet, nützt es nicht viel.

Die Signora schreitet also zur Tat, während ihr Mann seine Sachen auf den Tisch wirft, seinen Hintern auf einem Stuhl niederlässt und mir viel zu viele Fragen stellt.

Woher kommen Sie? Ach so, aus Frankreich? Ich liebe es. Putzfrau? Es gibt keine dummen Berufe. Zwei Kinder und beide schon groß! Sie wirken noch so jung ...

Ich kann den Rauch sehen, der Signora Ferrara aus den Ohren dringt. Auf ihrer rechten Schläfe ist eine riesige Vene aufgetaucht: In zwei Sekunden kann man sicher das Geräusch des Drucks in ihrem Kopf hören! Sie ist im Dampftopf-Modus.

Ich fühle mich sauunwohl, stürze meinen heißen Espresso herunter, ziehe mir eine Verbrennung dritten Grades auf der Zunge zu und versuche, mir nichts anmerken zu lassen.

»Meine Gattin hat nur wenige Freundinnen ...«

Kein Wunder, da sie so angenehm ist wie Sandkörner im Badeanzug!

»Es freut mich sehr, eine von ihnen kennenzulernen. Wollen Sie nicht mal zum Abendessen kommen, damit wir uns näher kennenlernen? Wie wäre Freitagabend? Mit Ihren Kindern natürlich, sie sind auch willkommen.«

Jetzt treten die Augen der Signora Ferrara aus ihren Höhlen und fallen zu Boden, ja zu Boden. Ich könnte ja einfach behaupten, dass ich an dem Abend schon etwas vorhabe. Aber das würde die Sache nur aufschieben, also verkünde ich einer genialen Eingebung folgend:

»Hören Sie, das ist wirklich sehr nett, aber es geht leider nicht: Abends esse ich nie, ich ... ich mache Intervallfasten!«

Wider Erwarten interessiert sich Signor Ferrara für das Thema, und schon beginnt ein neues Verhör.

»Was ist das genau? Ist das nicht zu schwierig? Was für Vorteile hat es? Das scheint ja wirklich toll zu sein! Dadurch behalten Sie Ihre gute Figur. Ich sollte es vielleicht auch versuchen, was hältst du davon, *amore*?«

Nicht viel, wenn du meine Meinung wissen willst!

Zum Glück hat mir Caterina neulich davon erzählt und vor ein paar Tagen habe ich einen Artikel darüber gelesen, deshalb liege ich nicht ganz daneben. Nach zehn Minuten (die mir vorkommen wie eine Ewigkeit) beendet die Signora – und ihre dicke Vene an der Schläfe – die Qualen.

»Lass Éléonore doch in Ruhe. Sie hat sicher tausend Dinge zu erledigen. Éléonore, behalte die Bibel so lange, wie du sie brauchst. Es eilt nicht. Und wir sehen uns ja sicher am Sonntag.«

»Am Sonntag?«

»Ja, in der Messe«, erklärt sie mit einem immer noch viel zu auffälligen Lächeln.

»Natürlich, in der Messe! Wo war ich nur mit meinen Gedanken? Ich würde sie um nichts in der Welt verpassen. Also, schönen Tag noch. Friede sei mit euch.«

Mittwoch

Éléonores Wohnung
Via Camillo Sorgente, Salerno

Durch all das habe ich drei Stunden Lohn verloren.

Ich muss Caterina unbedingt nach neuen Kunden fragen; sonst schaffe ich es nie. Bald ist Schulbeginn, und da kommen wieder viele Kosten auf mich zu.

Ich habe versucht, Sportschuhe für Andrea zu bestellen, aber meine Karte hat nicht funktioniert. Ich werde an meine Spardose gehen und sie im Laden kaufen.

Drei Monate habe ich es geschafft, meine Kasse nicht anzurühren; also muss mein Traum noch eine Weile warten.

Ich öffne TikTok, um mich mit einem Putz-Video abzulenken. Ich möchte bestimmte Ideen aus dem Kopf entfernen wie der Mann mit dem Kärcher Schimmel auf seiner Terrasse.

Zwei Minuten später verkündet mir ein neuer Kartenwurf, dass mein »Anderer« – so nennen die Leute, die mir online die Karten legen, meinen Auserwählten – auf ein Zeichen von mir wartet.

Ich verlasse die App sofort, um nicht nachzugeben und Marco eine Nachricht zu schicken. Ich habe es mehrere Wochen durchgehalten, jetzt darf ich nicht schwach werden. Ich spiele meine Playlist mit Shuffle ab.

Als mein Sohn in die Küche kommt, findet er mich in der Brettposition vor.

»Mama, du bist ja schon da! Was machst du da am Boden?«

Oh Scheiße! Ich stehe auf und versuche, ganz natürlich zu wirken.

»Ich war bei den Ferraras früher fertig. Wie geht's dir, mein Schatz? Puh, es ist heiß heute, nicht!«

»Ja, aber es geht noch. Ich will uns gerade Sandwichs machen. Ich gehe mit Laura und Élise an den Strand. Sie warten unten, kommst du mit?«

»Nein, nett von dir, aber ich muss ein paar Sachen erledigen.«

»Geht's dir auch wirklich gut?«

»Absolut!«

Ich spüre, dass ich übertrieben bemüht lächele, wie die andere Verrückte heute Morgen.

»Mama, hör auf zu lügen! Wenn du Céline Dion hörst, dann hast du irgendwas. Und ausgerechnet ›Damit du mich noch liebst‹. Mama, willst du, dass ich bei dir bleibe?«

In diesem Moment hätte ich wirklich Lust, ja zu sagen und mich in seine Arme zu kuscheln, aber ich sammle alle meine Kräfte, um überzeugend zu antworten.

»Ganz und gar nicht! Ich sage dir doch, dass es gut läuft. Ich hab nur ein bisschen Sport gemacht. Du willst doch sicher, dass deine Mutter in Form bleibt? So, jetzt dusche ich erst mal. Richte kein Chaos in der Küche an und vor allem ... Vergesst nicht die Sonnencreme! Nicht dass du dir einen Sonnenbrand holst, mein Kleiner. Das tut nämlich ganz schön weh ...«

»Okay.«

»Jeder weiß es, *alle* wissen, dass ein Sonnenbrand wehtut. Und trotzdem vergessen wir, uns einzucremen ... Ich habe es einmal vergessen. Nur einmal! Mit der Sonne lässt sich nicht spaßen, verstehst du? Ich will nicht, dass du leiden musst, mein Sohn. Und da ich nicht will, dass du leidest, will ich, dass du dich eincremst!«

Ich habe nichts mehr unter Kontrolle. Ich merke, dass ich tränenüberströmt bin und Andrea starr vor Schreck vor mir steht. Er nimmt mich in den Arm und ich heule richtig los.

»Mama, was hast du denn bloß? Ich mache mir Sorgen! Ach so, warte, ich verstehe. Du kriegst deine Tage, oder? Du hast PMS. Warum sagst du das nicht gleich? Ich will ja versuchen, das zu verstehen, aber stimm dich bitte mit Élise ab, wenn es euch nämlich beide zugleich erwischt, dann weiß ich nicht mehr weiter!«

Ich wische meine Tränen ab und lächele.

Mein Liebesleben mag beschissen sein, mein Bankkonto ist sauer auf mich und meine Arbeit ist auch nicht immer erfreulich, aber es ist mir gelungen, meinen Sohn zu einem wunderbaren jungen Mann zu erziehen. Und das ist unbezahlbar.

Er lächelt zurück.

»Willst du mich in den Arm beißen?«

Ich nicke. Ich knabbere ein wenig am besten Antidepressivum der Welt und verschwinde dann im Badezimmer.

Donnerstag

Signora Marino
Via dei Mercanti, Salerno

Was für eine Idee, so viele Bücher zu besitzen! Ich bin sicher, sie hat sie nicht mal zur Hälfte gelesen. Das ist unmöglich.

»Ich schwöre Ihnen, dass ich sie alle gelesen habe.«

Ich fahre auf und falle beinahe von der Stehleiter. Hatte ich etwas gesagt?

»Entschuldigung?«

»Nichts kommt in mein Bücherregal, das ich nicht auch im Kopf hätte.«

»Das ist beeindruckend …«

»Es tut mir sehr leid, Sie diese Arbeit jede Woche machen zu lassen, aber ich hänge sehr an diesen Werken.«

»Keine Sorge, dazu bin ich doch da, Linda.«

»Sie spüren immer noch einen großen Verlust, oder? Geht es immer noch um den Hund?«

Oh verdammt, der Hund.

»Ja, er hinterlässt eine große Leere, muss ich sagen.«

»Mhm.«

Sie muss spüren, dass ich sie anlüge, die Frau ist schließlich ein Medium! Wie dumm ich doch bin, sie wird mich rauswerfen!

»Sie fehlen ihm auch, wissen Sie?«

»Tatsächlich?«

»Ja, seine Gefühle waren aufrichtig.«

»Er machte wirklich den Eindruck, mich zu mögen.«

»Mhm.«

Ich drehe gleich noch durch bei ihrem ständigen Mhm.

»Wie hieß er?«

»Marcus.«

Hab ich das wirklich gesagt?

»Der römische Kriegsgott. Interessant, welche Rasse?«

»Ein Bastard.«

Das ist mir so rausgerutscht.

»Natürlich«, lacht sie, »darauf hätte ich gleich kommen können ... Wollen Sie vielleicht einen anderen haben?«

»Nicht sofort. Ich ... der Schmerz, wissen Sie. Er ist noch sehr groß.«

»Natürlich, Sie haben vollkommen recht. Lassen Sie sich ein bisschen Zeit, Éléonore. Wenn es Sie tröstet, es war der richtige Moment, Marcus gehen zu lassen. Keine Sorge, alles ist vorherbestimmt. Es wird bald weitergehen.«

Sie lächelt mir zu, nimmt ihren Tee von dem niedrigen Tisch und schließt sich in ihrem Behandlungszimmer ein.

Ein paar Minuten bin ich sprachlos.

Hat sie alles begriffen? Wollte sie mir mit diesem Gespräch eine Nachricht senden? Oder geht meine Fantasie mit mir durch?

Ich weiß nicht, was ich von ihrer Gabe halten soll. In Salerno scheint sie Erfolg zu haben. Sie ist bekannt, hat einen guten Ruf und den ganzen Tag über kommen Patienten – meistens Frauen – zu ihr in die Praxis.

Linda entspricht nicht der Karikatur einer Hellseherin mit

einem Tuch auf dem Kopf und einer Kristallkugel unterm Arm. Sie ist fünfzig und trägt oft Jeansjacken. Sie hat ein Gespür für Mode wie die meisten Italienerinnen! Man könnte sie sich in allen möglichen Berufen vorstellen, aber nicht als Hellseherin.

Ich schüttele den Kopf und versuche, mich auf meine Arbeit zu konzentrieren.

Nachdem ich mit dem Bücherregal fertig bin, wische ich im Wohnzimmer Staub, dann reinige ich das Badezimmer und die Küche. Zum Schluss putze ich die Böden. Nicht einfach in dieser Wohnung voller Teppiche.

Ich räume Eimer und Aufnehmer weg und bereite mich vor zu gehen, da taucht sie wieder auf.

»Éléonore, ich sehe Wasser, sehr viel Wasser.«

»Ja, es ist noch nicht trocken, ich bin gerade erst fertig geworden. Aber ich habe die Balkontür offen gelassen, also müsste es …«

»Nein, ich spreche nicht vom Fußboden.«

»Aha?«

»Ich sehe Wasser um Sie herum.«

»Okay. Ich bin in Nizza geboren und lebe hier. Das Meer war nie weit weg … Und in meiner Toilette läuft Wasser. Vielleicht ist es das?«

Sie scheint meinen Humor nicht zu verstehen. Ich habe den Eindruck, dass sie anderswo ist. Als ich in der Pubertät Joints geraucht habe, hatte ich auch diesen Gesichtsausdruck.

»Aha. Na gut. Ich halte Sie nicht länger auf. Hier ist Ihr Geld und danke für die Arbeit. Sehen wir uns nächste Woche?«

»Ja, gleiche Welle, gleiche Stelle. Danke, Linda.«

Sie geht auf ihr Zimmer zu, aber bevor sie die Tür schließt, sagt sie noch:

»Vergessen Sie nicht, Ihren Schatz in Sicherheit zu bringen.«

»In Ordnung, Linda.«

Ja, gut, okay. Sie ist total durchgeknallt.

Die Hitze ist drückend.
Der schwarze Boden nimmt jeden Sonnenstrahl auf.
Um sich zu schützen, braucht man einen Hut, einen Schirm oder schlängelt sich durch die Gassen.
Das Wasser ist überall, allgegenwärtig.
Man hätte beinahe Lust, einzutauchen, aber man begnügt sich damit, es zu betrachten.

Freitag

Signor und Signora Landi
Via dei Principati, Salerno

Auf dem Weg zur Arbeit bin ich bei Marco vorbeigegangen.

Sein Auto zu sehen hat mir noch einmal gutgetan, aber ich könnte nicht erklären, warum. Ich habe heute Nacht von ihm geträumt. So wie in jeder Nacht, glaube ich, seit er nicht mehr Teil meines Lebens ist.

Der Typ ist eine harte Droge. Abhängigkeit und Selbstzerstörung.

Am Anfang genügte eine einfache Nachricht von ihm, damit ich dumm grinste und stundenlang zu schweben glaubte. Da diese Wirkung aber schnell nachließ, brauchte ich mehr – mehr Nachrichten, mehr Anrufe, mehr Liebesbeweise. Eine Minute Videogespräch machte manchmal den Entzug erträglich, aber ich brauchte meine tägliche Dosis von ihm.

Aber Marco war nicht frei.

Der Entzug zwischen einer Dosis von ihm und der nächsten war immer schwerer zu bewältigen, ich war extrem angespannt, ständig in Alarmbereitschaft. Abhängig eben! Entzug verursacht furchtbare Schmerzen.

In meinem Traum waren wir in dem Hotel, in dem wir vor ein paar Monaten einen Tag verbracht hatten. Damals war alles so perfekt, dass das, was dann geschah, um so bitterer wurde.

Wir liebten uns, als ob wir uns nie wiedersehen würden. Wir haben auch viel geredet. Über die unmögliche Liebe, die uns überkommen hatte. Über die Lage, die uns Kummer bereitete.

Marco war ein Kind geschiedener Eltern, die im Streit auseinandergegangen waren, träumte von einer geeinten Familie und hatte sich vorgenommen, seinen Kindern keine Trennung zuzumuten. Er war in seiner Ehe nicht unglücklich – er hat nie vor mir geheim gehalten, dass er sich sehr gut mit seiner Frau verstand. Es gab Höhen und Tiefen mit Paola, doch das ist normal, wenn man lange zusammen ist. Nur dass seine Liebe zu mir zu der, die er für sie empfand, hinzugekommen war.

Ich war von der fast kindlichen Art, wie er mir die Dinge darstellte, fasziniert.

Ich hatte ihn an diesem Tag im Hotel gefragt, wie er sich fühlen würde, wenn er entdeckte, dass seine Frau einen Liebhaber hat.

»Bestimmt sehr schlecht. Ich würde es lieber nicht erfahren wollen. Aber jetzt verstehe ich, dass man, wie man es nennt, einen Seitensprung machen kann.«

»Und wenn ich einem anderen Mann begegnen würde?«

Er runzelte die Stirn, drückte mich an sich und küsste mich leidenschaftlich.

»Ich habe keine Lust, an so etwas zu denken.«

Ich schüttele den Kopf, um ins Hier und Jetzt zurückzukehren. Hier ist kein Hotelzimmer mit dem Mann, den ich liebe, sondern das Badezimmer von Claudia und ihrem Gatten.

Einmal im Monat nehme ich alle Schönheitsprodukte aus den Schubladen, um sie gründlich sauber zu machen.

Nie im Leben habe ich so viel Gesichtspflege gesehen. Selbst wenn man drei am Tag macht, braucht man ein Jahr oder fünfzehn Gesichter, um alle diese Fläschchen leer zu bekommen. Als ich mit der Arbeit bei den Landis begann, war die Maisonette-Wohnung in bedauerlichem Zustand. Das Paar lebte in völligem Durcheinander. Was für ein Kontrast zu der protzigen Wohnung, den Möbeln, Kleidern und Handtaschen.

Sie sind beide sehr unordentlich und geben das auch ganz unbefangen zu.

»Haushalt liegt uns einfach nicht ... Unsere Putzfrau ist vor drei Monaten in Rente gegangen; seitdem ist nichts passiert, ich meine, es ist nicht besser geworden«, sagte mir der Hausherr.

Ich brauchte Wochen, um alles in Ordnung zu bringen. Das hat an ihren Gewohnheiten nichts geändert. Freitags war das Spülbecken voll, überall lag schmutzige Wäsche herum, außer in dem dafür vorgesehenen Korb. Schlecht erzogene Jugendliche in einem Luxusapartment.

Ich drohte mit Kündigung. Ich bin Putzfrau, aber kein Fußabtreter und bin der Meinung, dass ich etwas Respekt vor meiner Arbeit erwarten darf.

Da brach in der Via dei Principati Panik aus! Sie flehten mich an, ihnen zu helfen, sich besser zu organisieren.

Wie ich es bei meinen Kindern gemacht habe, schrieb ich ihnen auf, welche Aufgaben sie jeden Tag zu erledigen hatten. Sie haben sie sich aufgeteilt und ich muss sagen, dass sie es seither ganz ordentlich machen. Sie haben diese neue Routine in ihr Leben integriert und ich glaube, sie wissen zu schätzen, dass sie jetzt in einer ordentlichen und sauberen Umgebung wohnen!

Meine Tochter fragt in einer SMS, ob Laura heute Nacht bei uns schlafen kann.

Ich schreibe:

Natürlich, wie geht es ihr?

Die Antwort erfolgt umgehend:

Nicht sehr gut, aber ich bin bei ihr, keine Sorge.

Meine Kinder sprechen immer Französisch mit mir. Auch wenn sie mein Land kaum kennen, beherrschen sie die Sprache doch vollkommen, und eines Tages, so hoffe ich, haben sie Geld genug und auch Lust, es richtig zu entdecken.

Élise bekennt sich zu ihren Wurzeln, während Andrea sich vor allem als Italiener fühlt. Als Salernitaner, um es genau zu sagen. Er verspürt wahre Leidenschaft für diese Stadt, ihre Geschichte und seinen Fußballclub, von dem er kein Spiel versäumt.

Als ich fast fertig bin, erscheint Claudia.

»Guten Tag, Éléonore, geht es Ihnen gut?«

»Gut, danke. Ich habe Ihnen Ihren Badeanzug mitgebracht, frisch gewaschen und schon eingeräumt. Wie geht es Ihnen?«

»Besser, wirklich besser, danke.«

»Sie sind ja super braun gebrannt.«

»Ich hab die ganze Woche am Strand verbracht. Ich hab jemanden kennengelernt …«

Freitag

Signor D'Amato
Corso Vittorio Emanuele, Salerno

Der Hausherr ist gerade in der Stadt. Das sehe ich an dem vollen Aschenbecher auf dem kleinen Balkontisch, an der Kaffeekanne im Spülbecken und den Hemden, die aus Caterinas Reinigung gekommen sind.

Ophélie sagt mir ins Ohr, dass Gott ihr den Glauben geschenkt hat. Ophélie hat wirklich Glück! Dieses Geschenk von Ihm könnte ich auch gut gebrauchen, oder, dass er mir genügend Mut schenkt, den Kühlschrank sauber zu machen, denn ich spüre jetzt ernsthaft die Müdigkeit, die sich im Zug all der schlaflosen Nächte angesammelt hat.

Nach drei Stunden Putzen bin ich erschöpft und schwitze. Die Luftfeuchtigkeit muss heute bei neunzig Prozent liegen.

Ich träume von einer schönen Dusche und hoffe, dass die Kinder sich mit einem Imbiss vor dem Fernseher begnügen – einem Abendessen für Faulenzer. Ich habe nämlich nur auf eins Lust: auf meinem Sofa zu landen und wohltuende Videos auf TikTok anzuschauen.

Bevor ich gehe, hole ich auf dem Balkon die beiden Teppiche, die ich kurz vorher dorthin gebracht hatte. Und dabei entdecke ich auf der anderen Straßenseite Caterinas Sohn.

Ich erkenne ihn sofort: Ich habe Tiziano aufwachsen sehen. Er nennt mich sogar *zia*, Tante.

Er sieht seiner Mutter zum Verwechseln ähnlich und an dem großen Tattoo einer Geisha auf seinem rechten Arm ist er leicht wiederzuerkennen.

Ich bin im ersten Stock: So kann ich mühelos feststellen, dass die junge Frau in seiner Begleitung *ganz und gar nicht* seine offizielle Freundin ist (die, über die ich im Auftrag meiner Freundin Nachforschungen anstellen sollte). Besonders fällt auf, dass die beiden wesentlich mehr sind als Freunde ...

Es ist ganz einfach: Wenn sie keiner aufhält, werden sie in zwei Minuten auf der Bank miteinander vögeln.

Als sie endlich wieder Luft holen, macht die Dame mit ihrem Telefon ein Selfie. Einer Eingebung folgend beschließe ich, meins aus der Tasche zu holen.

Zwei Klicks und schon habe ich das Profil von Caterinas Sohn. Dreißig Sekunden später finde ich durch Suchen in den *followers* das Instagram der charmanten Suzy und ... bingo! Dank meiner falschen Identität im Netz habe ich Zugang zu der *story*, die vor einer Minute veröffentlicht wurde.

Ich mache ein paar Bildschirmfotos und wage mich auf ihrem Profil weiter vor.

Da finde ich Suzy am Strand, Suzy isst eine Pizza auf seltsame Art, denn sie beißt nicht hinein, sondern leckt sie ab. Suzy auf allen vieren vor dem Spiegel mit einem Schmollmund, Suzy ganz verdreht, um auf einem und demselben Foto ihren Busen und ihren Hintern zu zeigen (eine echt technische und artistische Herausforderung, sie muss davon einen Hexenschuss gekriegt haben, aber das Bild ist gelungen), Suzy umarmt ihr Hündchen ...

Oh mein Gott! Diesen Hund kenne ich.

Es ist der Yorkshire von Signora Ferrara! Ihr drittes Kind.

Das lächerliche Ding mit der Puderquaste auf dem Kopf und seinem hässlichen Aussehen, wie sein Frauchen!

Aber ... Suzy ... OH GOTT!

Susanna.

Ich hätte die älteste Tochter der Ferraras nie wiedererkannt.

Aus gutem Grund: Ich kenne sie nur von Fotos, auf denen sie aussieht wie eine Messdienerin, Faltenrock bis übers Knie und schmaler Haarreif.

Sehr anders als ihr Instagram-Profil.

Ich muss wirklich lachen.

Und ich kann mir nicht vorstellen, wie sehr die Vene an der Stirn ihrer Mutter anschwellen würde, wenn sie Bescheid wüsste.

»Was kann ich Ihnen bringen, Signora?«
»Einen Spritz bitte.«
Ein Cocktail, als es Abend wird auf diesem magischen Platz, während ein Orchester Lasciatemi cantare *spielt.*
Ein totales Klischee, erschreckend vollkommen.
Mir kommen die Tränen. Ich lächle.
»Éléonore?«
»Ja.«
»Ich liebe dich.«
Erschreckend vollkommen.

Samstag

Éléonores Wohnung
Via Camillo Sorgente, Salerno

Ich habe gut geschlafen. Ich habe überhaupt geschlafen.

Bedeutet dies, dass ich langsam gesund werde?

Laura und Élise schlagen mir vor, mit ihnen in ein paar Läden bummeln zu gehen. Das ist ihr Lieblingsspiel: Tage mit themenbezogenem »falschem Shopping«.

Sobald sie ihr Thema gefunden haben, gehen sie in einen Laden und stellen einen Look zusammen. Dann machen sie Fotos und bitten ihre Freundinnen online, das beste Outfit zu benennen. Sie sind super in Form und platzen vor Lachen.

Sie ist wirklich nicht einfach, die Pubertät ... Man ist nicht erwachsen, aber auch kein Kind mehr. Man hat Lust auf Unabhängigkeit, braucht aber noch Papa und Mama.

Ich begleite sie gern. So komme ich auf andere Gedanken.

Das heutige Thema heißt Fashion Week. Sie stellen sich vor, dass sie auf einem Haute-Couture-Defilee eingeladen sind, müssen also ein sehr modisches Outfit finden, um den Paparazzi aufzufallen, die am Ende der Veranstaltung auf »streetstyles« aus sind.

Im ersten Laden sucht sich Élise einen Look ganz in Leder mit Neon-Accessoires aus.

Sie sieht umwerfend aus. Sie wirkt mit diesen Sachen fünf Jahre älter, was mich zugleich beeindruckt und erschreckt.

Laura defiliert vor mir in einem geblümten, sehr kurzen Kleid, einer Oversize-Jeansjacke und mit ihren alten Converse.

Ich kümmere mich um die Fotos.

Es läuft alles ganz einfach. Wir räumen die Sachen auf und gehen zum nächsten Laden.

Unterwegs lädt Élise uns zum Eis ein. Ihr Vater gibt ihr jede Woche ein bisschen Taschengeld, und sie verwendet es immer, um ihrem Bruder, mir oder ihren Freunden »Momente« zu schenken, wie sie es nennt.

Heute ist es ein Eis, es kann aber auch Kino, ein Stück Pizza aus unserer Lieblings-*Rosticceria* sein, das wir dann alle drei auf dem Sofa essen. Für sie zählt der gemeinsam verbrachte Moment und die Erinnerung, die wir damit schaffen.

Ich bin jedes Mal überrascht, dass ich einer einzelnen Person so viel Freundlichkeit und Liebe beibringen konnte.

Ich möchte kein Eis, nehme aber einen Kaffee. Wir setzen uns auf die Terrasse einer kleinen Bar im Stadtzentrum, und die Mädchen lesen mir die Kommentare zu ihren Outfits im Netz vor.

Die ersten sind des Lobes voll und bei der Abstimmung liegen die beiden gleichauf.

Plötzlich verdüstert sich das Gesicht meiner Tochter.

»Lies das bloß nicht!«

Sie nimmt Laura das Telefon aus der Hand und legt es auf den Tisch. Dann fügt sie hinzu:

»Ich kümmere mich drum. Du wirst sehen, das kleine Arschloch wird seinem Vater was vorheulen!«

Ich verstehe nicht ganz. Laura sieht mich an, lächelt traurig und sagt:

»Nichts weiter, ich bin nur mal wieder beschimpft worden. Das berührt mich nicht mehr, weißt du. Ich habe Élise schon erklärt, dass es sich nicht lohnt, sich deswegen aufzuregen. Ich bin es gewohnt.«

Ich hebe ihr Kinn hoch, das sie gesenkt hält, damit man nicht sieht, wie es zittert, ich blicke ihr tief in die schwarzen Augen und sage:

»Es lohnt sich immer, sich über so etwas aufzuregen, Laura. Niemand soll sich daran gewöhnen, beschimpft zu werden. Verstehst du? Du würdest es auch nicht zulassen, dass man so mit Élise umgeht, es ist normal, dass sie das für dich macht. Das heißt Freundschaft.«

Sie legt ihre Arme um meinen Hals, ich gebe ihr die Umarmung zurück, und nachdem sie ihre Tränen getrocknet hat, lächelt sie entwaffnend.

»Ich lasse mir dadurch nicht den Tag verderben. Suchen wir nach einem neuen Outfit?«

Während die Mädchen im zweiten Laden in der Umkleidekabine sind, suche ich nach dem Kommentar und mache einen Screenshot davon. Ich werde mich später damit beschäftigen.

In einiger Entfernung höre ich, wie die Verkäuferin mit einem Kunden redet.

Ich bin sofort von der Art, wie er sie anspricht, bezaubert.

Ich achte immer darauf, wie die Leute mit Verkäufern oder Dienstleistern umgehen; es sagt nach meinem Gespür sehr viel über jemanden aus.

Der Mann bittet um einen Rat. Er sucht ein Geschenk für eine Arbeitskollegin, denn sie hat ihm einen wichtigen Gefallen getan und er möchte sich bei ihr bedanken. Er weiß nicht viel über ihren Geschmack. Sie ist fünfzig Jahre alt. Er hat kürzlich eine Handtasche aus diesem Laden auf ihrem Schreibtisch gesehen und meint, sie könnte sich über ein Geschenk derselben Marke freuen.

Die Verkäuferin geht zu den Tüchern.

»Damit machen Sie nichts falsch. Am ehesten diese dezenten Töne, die passen zu allem.«

Er dankt ihr tausendmal und bittet, es als Geschenk zu verpacken.

Seine Stimme ist ein wenig rau und warm. Da, wo ich stehe, kann ich ihn nur hören und nicht sehen und bin neugierig, wie ein Mann mit so guten Manieren aussieht.

Ich will gerade den Kabinenbereich verlassen, als Laura und Élise auftauchen.

Die Zeit reicht nicht, um ein Foto zu machen, und der Mann hat sich natürlich schon in Luft aufgelöst.

Ein paar Minuten lang hat Marco mir nicht gefehlt.

Sonntag

Éléonores Wohnung
Via Camillo Sorgente, Salerno

Es ist noch dunkel, als ich höre, wie jemand gegen die Tür hämmert.

Ich ziehe einen Morgenrock an, sehe durch den Spion ein bekanntes Gesicht, halte den Atem an und frage dann durch die Tür:

»Was wollen Sie?«

»Ist er da?«

»Ich weiß nicht, von wem Sie reden.«

»Hör auf zu lügen, ich weiß, dass er da ist.«

»Nein, ist er nicht. Gehen Sie weg, oder ich rufe die Polizei.«

Zu meinem Schrecken tritt der Mann gegen den Türrahmen.

»Behalt ihn ruhig. Ich will ihn nicht. Hast du kapiert? SAG ES IHM!«

Er dreht sich um sich selbst, bevor er verschwindet. Ich wage immer noch nicht zu atmen. Meine Beine zittern und ich habe Mühe, mich aufrecht zu halten.

Ich versuche, zu mir zu kommen.

Ich stürze in Andreas Zimmer: er hat nichts gehört und schläft mit geschlossenen Fäusten. Bei Élise und Laura ist es ebenfalls ruhig.

Ich gebe die Idee, mich wieder hinzulegen, auf. Ich könnte sowieso nicht mehr einschlafen.

So etwas passiert nicht zum ersten Mal, aber ich werde mich nie daran gewöhnen.

Um mich abzureagieren, sehe ich mir den Autor des bösartigen Kommentars von gestern näher an.

Dieser junge Mann ist nicht besonders schlau, er hat es mit seinem richtigen Namen gepostet, mit Vor- und Nachnamen.

Ich untersuche seinen Account und finde sehr bald seine Familienmitglieder – seine Mutter, der ich sofort schreibe, mit einer Kopie des Kommentars im Anhang, um ihr zu zeigen, dass ihr Sohn sich einen Spaß daraus macht, im Netz Menschen zu beleidigen.

Ich hoffe, sie ist intelligenter als er und gibt ihm eine Abreibung, die ihm als Lehre dient.

Nachdem ich dies erledigt habe, mache ich mir einen Kaffee und setze mich auf den kleinen Balkon vor der Küche. So früh geweckt zu werden, hat den Vorteil, dass ich den Sonnenaufgang sehen kann.

Meine virtuelle Inspektionsrunde führt mich zu Marco.

Auf Facebook finde ich nichts, ebenso wenig auf Snapshot.

Auf Instagram jedoch kündigt ein grüner Kreis um sein Profilfoto eine neue *story* an. Genauer gesagt: eine private *story* für seine engsten Freunde bestimmt ... Vielleicht bin ich sogar die Einzige, die sie sehen kann.

Ich halte den Atem an und von Neugier getrieben klicke ich sie an.

Es ist ein Zitat in französischer Sprache.

»Ich glaube an verwandte Seelen, glaube, dass manche Verbindungen nie zerstört werden, manche Herzen sich lieben, bevor sie einander begegnet sind, und sich lieben werden, allem und jedem zum Trotz.«

Okay. Offenbar bin ich tatsächlich die einzige Adressatin.

Mein Herz klopft wie wild. Wieder lächele ich töricht.

Ich lege mein Telefon hin und nehme die Brettposition ein.

Bloß nicht schwach werden.

Ich schaffe es inzwischen fast zwei Minuten lang. Ich habe alle meine Rekorde gebrochen. Ich hatte seit Jahren kaum noch Bauchmuskeln; dank dieser Methode sind sie wieder da.

Ich könnte ihm eine Nachricht schicken. Eine einzige ...

Ihm sagen, dass er mir fehlt. Dass er mir fehlt, selbst wenn die Lage nicht mehr auszuhalten war.

Aber was dann? Was hätte ich davon?

Nichts.

Ich wollte nicht mehr nur ein bisschen von Marco und ich könnte ihn nie ganz haben.

Also habe ich die richtige Entscheidung getroffen. Eine andere gab es nicht.

Ich darf wirklich nicht schwach werden.

Oder nur eine ganz kleine Nachricht ...

Ich richte mich wieder auf, gieße mir noch einen Kaffee ein und beschließe, in einer verborgenen Stelle meines Telefons aufzuschreiben, was ich empfinde.

Das verpflichtet mich schließlich zu nichts.

Du fehlst mir, Marco Ferrucci.
Du fehlst mir jeden Tag, jede Stunde.
Es ist schwer ohne dich.
Ich fühle mich leer. Das tut mir weh.
Ich liebe dich.

Dann steht es wenigstens irgendwo.

Um mich zu belohnen, dass ich nichts geschickt habe und um auf andere Gedanken zu kommen, öffne ich TikTok.

Das erste Video, das sie mir anbieten, zeigt das Gesicht einer jungen Frau; mit freundlicher Stimme teilt sie mir mit: »Du bist nicht verliebt, du bist emotional abhängig.«

Jetzt reicht's mir aber allmählich, TikTok!

Ich tue so, als gäbe es die respektlose Seite dieses Netzwerks, die mich bis ins Tiefste meines Wesens auszuspionieren scheint, gar nicht, und gehe der Sache weiter nach.

Freund Google, guten Tag. Emotionale Abhängigkeit? Was hat es damit auf sich?

Nach einem Online-Test und Dutzenden Artikeln liegt die Selbstdiagnose vor: Ich bin emotional abhängig.

Emotionale Abhängigkeit soll eine Folge affektiver Karenz in der Kindheit sein.

Ja, man kann sagen, dass ich zu wenig Liebe erfahren habe. Meine Eltern waren immer der Meinung, mit Geld könne man alles ersetzen. Den Mangel an Zärtlichkeit, Streicheln und »Ich liebe dich«, die mir nie zuteilwurden. Dies geschah nicht aus Bosheit; sie wussten nur nicht so richtig, wie es geht. Für manche Menschen ist es unnatürlich, liebevoll zu sein. Sie müssten darin unterrichtet werden.

Lange habe ich von einem Bruder geträumt, um nicht mehr allein zu sein.

»Auf gar keinen Fall, wir haben mit dir schon genug zu tun!«, entgegnete meine Mutter. Mein Vater brachte kein Wort hervor, dachte aber nicht anders, das weiß ich.

Als ich erfuhr, dass ich Zwillinge erwartete, überkam mich ein großes Glücksgefühl. Nie würden meine Kinder solche Einsamkeit erleben.

Unsere Putzfrau Zohra, die zehn Jahre bei uns gearbeitet hat, war die einzige Person, von der ich ein wenig menschliche Wärme erfuhr. Sie küsste mich, wenn ich aus der Schule kam, nahm mich in den Arm, wenn ich eine gute Note mit nach Hause brachte, setzte mich auf ihren Schoß, wenn sie mir ein Rezept erklärte, trocknete meine Tränen nach einem Sturz oder wenn ich Kummer hatte.

Ich liebte diese Frau wie eine Mutter, und als sie uns verließ, habe ich noch wochenlang geweint.

Als ich eines Tages in der Küche Hausaufgaben machte, während Zohra das Geschirr spülte, erklärte meine Mutter, es sei Geld aus ihrem Portemonnaie verschwunden. Sie deutete dabei an, dass sie unsere Haushaltshilfe verdächtigte.

Zohra hielt in ihrer Arbeit inne, wischte sich die Hände ab, zog ihre Schürze aus und teilte meiner Mutter in aller Ruhe mit, dass sie kündige. Seit sie bei uns arbeitete, hatte sie sich viel gefallen lassen und schien eine Engelsgeduld zu haben. Aber das war zu viel.

»Ich kann es hinnehmen, Ihren Dreck wegzumachen, *Madame*, aber nicht, dass Sie mich als Diebin hinstellen. Ich gehe.«

In ihrem Blick las man Traurigkeit, aber ebenso viel Zorn.

Im Vorübergehen streichelte sie mir den Kopf und gab mir einen Kuss auf die Stirn.

Ich flehte meine Mutter an, sich bei ihr zu entschuldigen, damit sie wiederkam.

»Jetzt heul doch nicht so, Éléonore. Nimm dich zusammen, wir finden eine neue!«, entgegnete sie kalt. Wir fanden viele neue.

Sie blieben nie lange.

Nie haben sie Zohra in meinem Herzen ersetzt.

Montag

Dottore Di Martino
Corso Giuseppe Garibaldi, Salerno

Beim Öffnen der Tür erschrecke ich mich: Eine Frau steht in der Wohnung des Dottore.

»Wer sind denn Sie?«, fragt sie mich.

»Guten Tag, ich bin Éléonore, die Putzfrau.«

»Ach so, die Putzfrau ... Hat Enrico Ihnen denn gar nicht Bescheid gesagt? Er braucht Sie nicht mehr.«

»Nein, ich ... Er hat mir nichts gesagt, ich rufe ihn an.«

Sie wirkt betreten.

»Da Sie schon mal hier sind, legen Sie ruhig los. Er hatte sicher keine Zeit, Sie zu benachrichtigen, seine Arbeit beansprucht ihn sehr. Für nächstes Mal wissen Sie dann Bescheid.«

Ich stelle ihr keine Fragen, aber ich nehme an, diese Frau ist die Nachbarin, die neue Eroberung von Dottore Martino.

Ich bin sprachlos. Ein paar Sekunden kann ich mich nicht rühren. Mir brummt es in den Ohren wie nach einem Schock.

Ich kann mir nicht erlauben, einen Kunden zu verlieren, ich komme ja so schon kaum über die Runden. Und es kommt alles so plötzlich ... Dies ist gar nicht die Art des Dottore.

Ich gehe in die Küche, die Frau kommt mir nach. Ich hoffe, dass sie mir nicht vier Stunden im Nacken sitzen wird.

»Arbeiten Sie schon lange hier?«

»Ungefähr zwei Jahre.«

»Es wurde Zeit, dass wieder eine Frau ins Haus kommt! Ein Mann *kann nicht* allein leben. So ein Durcheinander ...«

Sie setzt sich auf einen Stuhl, öffnet die Zeitung. Mit ihr hier mitten im Zimmer kann ich nicht saubermachen.

»Enrico ist sehr verliebt in mich, wissen Sie. Ich glaube, ich werde bald hier einziehen, das wäre viel praktischer.«

Oh Mist, der Doktor scheint den Verstand verloren zu haben!

»Ach tatsächlich? Das ist ja toll.«

»Meine Wohnung ist kleiner und von hier aus ist die Sicht schöner.«

»Ja, ich verstehe.«

»Ich werde mich um den Haushalt kümmern. Ich bin sehr genau und mache die Dinge lieber selber.«

»Aha.«

Sie verfolgt jede meiner Bewegungen, und das geht mir auf die Nerven. Deshalb fällt mir beim Ausräumen des Geschirrs eine Tasse aus der Hand und zerschellt am Boden.

»Das werden wir Ihnen vom Lohn abziehen, meine Liebe!«

Während ich das Porzellan vom Boden aufhebe, kommen mir die Tränen. Ich halte sie mit aller Kraft zurück.

Ich spüre, wie mein Telefon in der hinteren Tasche meiner Shorts vibriert. Ich hole einen Besen aus der Nische hinter der Küche und nutze den Moment, um auf das Display zu gucken.

Ich glaube, ich träume: Es zeigt einen verpassten Anruf von Marco und eine Sprachnachricht.

»Sind Sie bereit, die Scherben, die da noch liegen, aufzuheben, oder muss ich das machen?«

Das ist der Tropfen, der das Fass zum Überlaufen bringt.

Ich stelle den Besen ab, drehe mich um mich selbst und stelle mich vor der verrückten Alten auf:

»Hören Sie, Signora. Bis zum Beweis des Gegenteils bin ich nicht Ihre Angestellte. Ich arbeite für den Dottore und er hatte nie Grund, sich über mich zu beklagen. Ich gehe, wenn er mir sagt, dass ich rausgeworfen bin. Bis ich neue Anweisungen von ihm bekomme, tue ich das, wofür ich bezahlt werde, nämlich hier sauber zu machen. Ich bitte Sie, mich in Ruhe zu lassen und freundlicherweise zu verschwinden. Los, hauen Sie ab, ich habe zu tun!«

Ein paar Sekunden bleibt sie mit offenem Mund stehen. Dann verlässt sie mit der Zeitung unterm Arm die Wohnung.

Ich höre, wie sie den Aufzug nach oben nimmt und die Tür zuschlägt. Jetzt bin ich sie los.

Es ist erst neun Uhr und Montagmorgen und ich bin emotional aufgewühlt wie an einem Freitagabend.

Ich brauche unbedingt etwas zu trinken.

Bevor ich mir Marcos Nachricht anhöre, schicke ich Caterina eine Nachricht:

Brauche was Hochprozentiges, komme gegen 13 Uhr zu dir in den Laden.

Die Antwort erfolgt sogleich:

Ich habe immer einen gekühlten Amaro hier, cara. *Ich erwarte dich!*

Ich hole die nasse Wäsche aus der Maschine, stecke mir die Ohrstöpsel ins Ohr, und bevor ich die Hemden in der Sonne aufhänge, drücke ich auf »Hören«.

Montag

Caterinas Reinigung
Via Generale Armando Diaz, Salerno

»Noch einen Letzten und ich gehe.«

»Éléonore, du hast schon drei getrunken, das genügt!«

»Du hattest auch drei ...«

»Ja, und deshalb weiß ich, dass wir jetzt aufhören müssen: Mir wird an seltsamen Stellen warm.«

»Ich höre mir die Nachricht noch mal an.«

»Ein letztes Mal, dann löschst du sie, okay?«

»Okay.«

»Versprochen?«

»Versprochen.«

»Lügst du?«

»Ja, natürlich lüge ich.«

Da ertönt Marcos Stimme im Hinterzimmer und dringt bis in meine Eingeweide.

»Éléonore, ich bin's. Ich hätte dich nicht anrufen sollen, aber ich wollte dir sagen, dass du mir fehlst. Ich weiß, dass es nichts nützt. Ich verstehe deine Entscheidung, du hast es verdient, einen Mann an deiner Seite zu haben. Du musst wissen, wie leid es mir tut, nicht dieser Mann sein zu können. Ich werde dich nicht mehr nerven, versprochen. *Ciao, amore!*«

Bittend sehe ich meine Freundin an, die Augen voller Tränen und Alkohol.

»Ich brauche wirklich noch ein Glas mehr ... Ein neues Glas und auch neue Kunden, mein Leben ist total beschissen, jetzt sofort.«

»Du lässt dich doch wohl nicht von dieser alten blöden Ziege einschüchtern. Solange dir nicht offiziell gekündigt wurde, hast du den Kunden noch. Also gut, damit du dir noch Butter für deinen Spinat leisten kannst: Bist du in der Lage, heute Nachmittag zu bügeln, oder verbrennst du mir meine Hemden?«

»Ja, das bin ich, sieh mal, ich kann noch gerade gehen. (Beinahe gerade.) Um zu bügeln, muss man ja nicht gehen, also ... Danke, Cat!«

»Was machst du jetzt mit Marco?«

Ich zucke die Achseln.

»Den Schmerz weiter aushalten, bis ich ihn vergessen habe, nehme ich an. Was könnte ich sonst tun? Es gibt keine andere Lösung.«

Caterina nimmt mich in den Arm. Sie riecht gut nach frischer Wäsche und ich würde gern an ihrer Schulter schlafen. Sekundenlang verharre ich dort.

»Ich hasse ihn, ich hasse ihn dafür, dass er dir das antut!«, sagt sie.

»Ich auch.«

»Wenn ich ihn aus dem Auto sehe, überfahre ich ihn. Dann rolle ich noch mal zurück und fahre über seinen Kopf, um sicher zu sein, dass er sich mit seiner dummen Fratze nirgendwo mehr blicken lassen kann.«

»Du hast doch gar keinen Führerschein, Caterina.«

»Ich mache ihn extra dafür!«

Dienstag

Signora Rizzo
Via Spinosa, Salerno

»Ich würde ihn zurückrufen … Ich sage das so … Du weißt ja, dass ich Erfahrung habe, Élé. Ich hatte in meinem Leben viele Männer.«

»Tatsächlich? Richtig viele?«

»Aber ja, junge Frau! Ich habe jede Menge Würste gesehen.«

»Danke für diese sehr … anschauliche Information, Geraldina.«

»Ich glaube aber, dass ich letztlich nur wenige geliebt habe. Zwei, nein drei, um genau zu sein.«

»Ihre beiden Ehemänner und wen noch? Wer ist der Dritte?«

»Oh nein, mein erster Mann war ein echter Idiot! Ich konnte ihn nie riechen, Friede seiner Asche. Sein Tod war eine Befreiung. Damals war es nicht einfach, sich scheiden zu lassen, zum Glück hat sich der liebe Gott darum gekümmert … Der zweite, ja, den habe ich geliebt, leidenschaftlich sogar!«

»Wer waren die beiden anderen?«

»Der erste war ein Soldat. Wir waren noch sehr jung. Ich war ihm verfallen, ganz und gar, aber er wollte nur meinen Körper – ich sah wirklich super gut aus, der Soldat aber auch. Wenn ich daran denke … Er hat mich mit seinem großen Gewehr ganz aus der Fassung gebracht.«

»Geraldina, bitte!«

»Dieser Mann hätte alles mit mir machen können. Ich schwör dir, in seiner Gegenwart stellte ich mein Gehirn ab, ich wurde zu seiner Marionette. Als er dann hatte, was er wollte – und was er wollte, war mein Hintern ...«

»Das habe ich kapiert.«

»Na ja, ich habe ihn nie wiedergesehen. Mistkerl! Ich habe so gelitten, wenn du wüsstest. Ich glaube, ehrlich gesagt, ich leide immer noch darunter. Käme er zurück, würde ich ihn bestimmt wieder nehmen! Und weißt du warum?«

»Nein.«

»Weil wir Frauen Idioten sind. Deshalb!«

»Ja, das trifft es gut. Also, ich putze heute Ihren Kühlschrank, okay? Ihre Einkäufe werden ja heute Nachmittag geliefert; dann ist alles schön sauber.«

»Willst du nicht wissen, wer der andere Mann war?«

»Natürlich, es fehlt ja noch einer.«

»Es ist der alte Sergio.«

»Was? Der alte Sergio aus dem kleinen Laden in der Straße weiter unten?«

»Genau der.«

»Nein!«

»Was der an mir verdient hat. Ich brauchte einen Vorwand, in seinen Laden zu gehen, manchmal mehrmals am Tag, und wie ich angezogen war, du hättest mich sehen sollen! Man konnte sich fragen, ob ich einkaufen oder auf den Strich gehe ... Aber ich war verheiratet und er auch. Deshalb habe ich nie etwas gesagt und auch nichts probiert. Ich wusste allerdings, dass er mich mochte. Dieses Spiel hielt an, so lange mich meine Beine trugen. Und auch als sein Sohn den Laden übernommen hat, denn ich wusste, dass er immer da war. Aber jetzt traue ich mich nicht mehr. Ich will nicht, dass er mich so sieht ... Ich kann mich ja kaum auf den Beinen halten.«

»Wie kann man wissen, dass es Liebe war, wenn zwischen Ihnen nie etwas passiert ist?«

»Weil genau das Liebe ist. Man kann es nicht erklären, man spürt es einfach. Es ist nicht logisch, hat keinen Sinn, es ist da, es peinigt einen und macht einen glücklich, es ist das Barometer deiner Gefühle, der Wetterbericht deiner Tage. Es gibt sehr viele Arten zu lieben, *Bella mia*. Und ich habe den alten Sergio eben auf diese Weise geliebt.«

Plötzlich ein Sommergewitter, es prasselt gegen unsere Fenster (gut, dass ich sie heute nicht geputzt habe). Eilig hole ich die Wäsche rein und schließe die Tür.

Geraldina schläft auf dem Sessel in der Küche ein.

Ich nehme ihr die kleine Kaffeetasse aus der Hand. Sie schnarcht leicht und hat ein Lächeln auf den Lippen.

Mit achtzig liebt man letztlich genauso wie mit fünfzehn, durch das Alter ändert sich nichts.

Es ist das einzige Gefühl, das alles durcheinanderbringen kann. Der Körper und die Falten spielen kaum eine Rolle. Das Äußere bedeutet nichts, was zählt, ist das Herz.

Und solange es schlägt, kann es auch zittern.

»Seit wann träumst du von Venedig?«

»Seit ich zehn bin. Mein Vater war mit meiner Mutter dorthin gereist, an ihrem Hochzeitstag. Als sie zurückkamen, hatten sie einen ganz anderen Gesichtsausdruck, alle beide: sie waren entzückt ... Meine Eltern staunen nie über etwas, weißt du. Deshalb dachte ich in meinem kleinen kindlichen Kopf, dass die Stadt Venedig voll Magie sein müsste, weil sie so glücklich gemacht hat.«

»Und wie ist es mit dir, macht es dich glücklich?«

Ich sehe mich um.

All diese Schönheit überall, in jeder Ecke.

Dann sehe ich ihn an:

»Ja, Venedig macht mich glücklich. Aber nicht so sehr wie du.«

Mittwoch

Signor und Signora Ferrara
Via Roma, Salerno

Ich habe die Bibel wieder mitgebracht. Seit einer Woche fährt sie mit mir im Auto herum, dabei bin ich sehr vorsichtig, weil – na ja, ich bin zwar nicht gläubig, habe aber Respekt vor diesem Gegenstand. (Es ist auch nicht ganz ausgeschlossen, dass ich ein bisschen abergläubisch bin …)

Der kleine Zettel von heute ist ebenso liebenswürdig wie gewohnt.

SIE MÜSSEN DEN WEICHSPÜLER BEI **JEDEM WASCHGANG** BENUTZEN.

DIE WÄSCHE ROCH LETZTE WOCHE NACH GAR **NICHTS**, ICH MUSSTE ALLES **NOCH MAL** WASCHEN!!!!!!!!!

Statt der Ausrufungszeichen stelle ich mir Hiebe mit dem Baseballschläger vor, die ich Signora Ferrara gern verpassen würde.

Natürlich hatte ich Weichspüler reingetan, das mache ich bei jeder Wäsche. Vielleicht hat die blöde Kuh einfach nur Covid.

Beim Abstauben sehe ich mir die hier und da aufgestellten seltenen Familienfotos an. Die Ferraras zu Weihnachten, die

Ferraras in Ferien, die Ferraras bei der Erstkommunion ihrer Tochter. Da sind wir tatsächlich weit entfernt vom Instagram-Account der jungen Dame ... Seit ich sie entdeckt habe, stalke ich sie jeden Tag ein bisschen. Das ist meine neue kleine Schwäche und ich muss sagen, es ist wirklich unterhaltsam.

Susanna – hier nennt sie sich ja »Suzy« – hat an die zehntausend *follower*. Das ist enorm. Ihr folgt die ganze Stadt.

Nur die Eltern haben offenbar keinen Zugang zu dieser Seite ihres Engelchens.

Caterinas Sohn kommt in ihren *stories* immer häufiger vor. Jede Menge *live*-Geknutsche. Beim nächsten Mal wird es ein *sex tape* sein.

Ich habe mit meiner Freundin nicht darüber gesprochen; sie wäre unfähig zu schweigen und ihr Sohn wäre mir – zu Recht – böse, dass ich ihn ausspioniere. Er ist erwachsen und im Grunde geht mich das alles nichts an ...

Tiziano wirkt etwas ruppig – das hat er von seiner Mutter –, ist aber ein netter Junge. In der Schule konnte er nicht ruhig sitzen: Alle vier Tage wurde Caterina von den Lehrern in die Schule zitiert, weil sie nicht mehr wussten, was sie mit ihm machen sollten. Als Tiziano seinen sechzehnten Geburtstag feierte, erklärte sein Vater, wenn er nicht mehr zur Schule gehen wolle, könne er bei ihm den Beruf des Klempners erlernen. Zu Anfang war er bereit dazu, aber dann verlor er die Lust und hatte kein Interesse mehr. Seitdem ist er auf der Suche nach sich selbst, ändert seine Jobs wie seine Hemden ... Eines Tages wollte er es mir genauer erklären und sagte:

»Ich will mich lieber meiner Leidenschaft widmen als arbeiten, *zia*. Mein ganzes Leben habe ich gesehen, wie meine Eltern unter ihrem Beruf gelitten haben. Ich möchte etwas finden, was mich begeistert und wofür ich jeden Morgen gerne aufstehe, verstehst du das?«

Wie sollte ich das nicht verstehen.

Als er jünger war, hatte sich Tiziano mir oft anvertraut. Seit einigen Jahren war er durch die Pubertät und die damit verbundene zunehmende Scham schüchterner geworden, wir blieben aber trotzdem Komplizen und er weiß, dass er auf mich zählen kann.

Deshalb behalte ich sein Geheimnis für mich. Das Einzige, was mich dabei stört, ist, dass die Tochter der Ferraras minderjährig ist. Aber gut, ich habe mit meinen eigenen Kindern und Laura genug zu tun. Ich kann nicht die Mutter von allen sein. Und da die Zunge der jungen Dame öfter in Tizianos Mund ist als in ihrem eigenen, scheint sie zuzustimmen.

Inzwischen bin ich beim Schreibtisch angekommen. Ich staube ihn ab, leere den Mülleimer, ordne die Kabel ... Da bemerke ich einen Stapel mit Leuchtstift markierter Blätter, der meine Aufmerksamkeit weckt.

Sehr schnell fällt mir auf, dass es sich um Artikel über Intervallfasten handelt – offenbar hat der Hausherr alles, was er zu dem Thema im Internet finden konnte, ausgedruckt – genug, um Professor im Fasten und Doktor im Intervall zu werden!

Ich muss aufpassen, nicht laut loszulachen. Mein kleiner Finger im Ohr sagt mir, dass er die ganze Familie unter Diät gesetzt hat; der Hass seiner Frau ist mir sicher.

Caterina hatte mir von dieser Fastenmethode erzählt. Sie hat es selbst ausprobiert … und nur zwei Stunden durchgehalten.

Ich fahre hoch. Da war ein Geräusch im Schloss der Eingangstür. Dabei ist um diese Zeit sonst nie jemand im Haus.

Am Mittwochvormittag, an dem die Kinder frei haben, schickt die Signora sie immer zu ihrer Großmutter, und sie dürfen nicht nach Hause kommen. Mir gibt die Schreckschraube immer Bescheid, ob sie da ist oder wann sie kommt.

Es kann nur ihr Mann sein …

Ich lege den Staubwedel geräuschlos hin und verschwinde in der Waschküche hinter den Wäschekörben. (Er weiß vermutlich nicht mal, dass es diesen Raum gibt, also bin ich in Sicherheit). Ich nehme mein Telefon aus der Tasche und schreibe leise eine Nachricht.

Guten Tag, ich bin in Sorge. Ich glaube, Ihr Mann ist im Haus. Ich habe mich in der Waschküche versteckt. Sie müssen kommen und mir helfen.

Ich sehe drei Punkte unten auf dem Display. Signora Ferrara antwortet mir gerade. So lange, wie es dauert, muss es eine Abhandlung in fünf Teilen sein.

Unmöglich, ich habe gerade mit ihm telefoniert. Er hat ein Kundengespräch außerhalb der Stadt.

Okay. Wer aber ist dann in Ihrem Wohnzimmer?

WIE SOLL ICH DAS WISSEN?!!! BLEIBEN SIE IN IHREM VERSTECK! ICH VERSUCHE, SO SCHNELL WIE MÖGLICH ZU KOMMEN.

Selbst bei Nachrichten schreit sie mich noch an.

Dafür werde ich doch wirklich nicht bezahlt!

Vielleicht sind es Einbrecher und sie werden mich neben der Waschmaschine in Stücke hauen.

Mir kommt ein Gedanke. Ich verbinde mich mit meinem Fake-Account und in zwei Sekunden bin ich *live* bei Suzy ... die gerade eine *home tour* macht, um ihren *followers* zu zeigen, wo sie wohnt.

Caterinas Sohn folgt ihr wie ein Hündchen. Auch er scheint die Wohnung zum ersten Mal zu sehen. (So wie die zweihundert anderen Leute, die *connected* sind.) Wenn seine Mutter da wäre, würde sie ihn lebendig aufspießen.

Als sie im Elternschlafzimmer sind, gibt Susanna das Telefon ihrem Freund, der sie filmt, während sie sich aufs Bett wirft. Ich unterdrücke einen Fluch, als ich seine Sneaker auf den weißen Betttüchern sehe, mit denen ich gerade alles frisch bezogen habe.

Sie fangen wieder an zu knutschen, dann bricht das *live* ab – ich stelle mir vor, wie sie weitermachen ... Diese kleinen Idioten treiben es auf dem Bett der Eltern!

Ich denke an Mutter Ferrara, die jede Minute nach Hause kommen kann, die Szene entdeckt und vermutlich einen Kreislaufkollaps kriegt.

Das darf ich nicht zulassen: Ich habe diese Woche schon genug Kunden verloren!

Und zugegeben, es tut mir auch ein bisschen leid für meine verklemmte Arbeitgeberin.

Deshalb schreibe ich schnell:

Falscher Alarm, es ist keiner da, es kam wahrscheinlich durch den Nachbarn von oben, tut mir leid.

Warum habe ich bloß Mitleid mit solchen Arschlöchern?!

Ich verlasse mein Versteck und gehe leise ins Schlafzimmer, in dem sie, Gott sei Dank, noch nicht total nackt sind

»He Leute, Schluss mit lustig, raus hier.«

Susanna schreit, Tiziano wird weiß wie die Wand.

»Éléonore?«

»Wer ist das, kennst du sie?«

»Ja, er kennt mich. Sehr gut übrigens. Ich arbeite hier, ich mache die Wohnung sauber, aber dein Vater weiß es nicht und darf es auch nicht wissen, verstanden? Wenn du etwas verrätst, zeige ich deinen Eltern deinen Instagram-Account, Suzy. Und du, Tizià, ist das dein Ernst? Du weißt, dass ich deiner Mutter nur ein Wort zu sagen brauche und dass das dein Todesurteil wäre. Also vergessen wir drei schnell, was passiert ist. Ich kehre zum Staubsauger zurück und ihr bezieht das Bett neu, macht eure Schweinereien anderswo und kommt nie mehr mittwochs hierher. *CAPITO?* Und außerdem hoffe ich, dass ihr KONDOME BENUTZT, verdammt noch mal!«

Mittwoch

Éléonores Wohnung
Via Camillo Sorgente, Salerno

»Laura, hast du das gekocht?«

Sie nickt und strahlt.

Der Tisch ist gedeckt, und ein köstlicher Geruch strömt durch die Wohnung. Meine Kinder haben sich schon hingesetzt und bitten mich, dazuzukommen.

»Hab ich etwas verpasst? Wartet mal, welcher Tag ist heute?«

»Ein ganz normaler Mittwoch, Mama. Es gibt nichts zu feiern«, beruhigt mich Élise, »wir wollten dir nur eine Freude machen.«

»Wir machen uns Sorgen um dich, Mama, weil du so abgenommen hast!«

Andrea macht ein ernstes Gesicht, und ich werfe mir vor, ihm Sorgen zu bereiten. Es ist doch nur das Ende einer Liebe, ich müsste meinen Kummer besser verbergen.

»Ihr seid alle drei wunderbar, aber es geht mir gut, das schwör ich euch. Es liegt an der Hitze, die bremst den Appetit ... Aber das hier würde ich alles gern aufessen! Laura, was hast du für uns zubereitet?«

»Also«, sagt sie stolz, »die Köchin hat folgendes Angebot: als Vorspeise *pasta alla gricia*, dann *friggitielli ripieni* und *bocconcini di bufala*. Zum Schluss *tiramisù*! Wir haben heute

Morgen zusammen eingekauft, und beim Dessert haben Élise und Andrea mir geholfen.«

»Ihr seid wunderbar und ich liebe euch von Herzen, wisst ihr das?«

»Wir haben dich auch lieb, Mama.«

Jeder Gang schmeckt noch besser als der vorherige. Dieses Mädchen ist unglaublich. Die Pasta ist perfekt *al dente*, das *guanciale* ist knusprig, und im Nu habe ich die *friggitielli* gegessen – verschiedene gefüllte Paprika mit Fleisch, Ei, Petersilie, etwas Knoblauch und Pecorino. Und dann noch das *tiramisù*! Mein Gott. Leicht und cremig, ich habe das Gefühl, eine Wolke zu essen.

Ich glaube, das liebe ich an Italien wirklich am meisten: seine Gastronomie.

Da sie mir verboten haben, etwas zu tun, sehe ich ihnen beim Abräumen und Reinigen der Küche zu, während ich gemütlich auf unserem kleinen Sofa sitzend einen Kaffee schlürfe und mir Mühe gebe, ihnen keine Sorgen mehr zu machen. Andrea kommt und schmiegt sich an mich – wenn ich überlege, dass dieser Riesenkerl bei seiner Geburt vierundfünfzig Zentimeter lang war, kaum zu glauben!

»Wir bleiben heute Abend hier, okay?«

»Sie brauchen mich nicht um Erlaubnis zu fragen, mein Sohn.«

»Kann ich auch hierbleiben?«, fragt Laura schüchtern.

»Das gilt auch für dich, meine Liebe. Du bist hier zu Hause.«

Die Mädchen setzen sich zu uns, und ich weiß nicht, wie lange wir so sitzen bleiben und uns umarmen. Irgendwann schlafe ich ein, gewiegt von der Liebe dieser drei Menschen. Mir wird klar, dass ich mich lange nicht mehr so wohl gefühlt habe.

Eine Stunde später werde ich durch mein Telefon geweckt. Dottore Martino will mit mir sprechen.

»Guten Tag, Éléonore, es tut mir leid, Sie zu stören ...«

»Guten Tag, Herr Doktor, Sie stören nicht, worum geht es?«

Ich weiß, was er mir sagen will, und möchte nicht, dass er die Blase des Glücks, die meine Kinder um mich geschaffen haben, zum Platzen bringt.

»Éléonore, ich glaube, meine neue Eroberung ist nicht bei Sinnen.«

Dank sei dir, oh Herrgott!

»Heute Morgen ist sie bei mir eingezogen.«

»Oh ... Übrigens, am Montag hat sie mich rausgeworfen. Ich nehme an, Sie wussten nichts davon.«

»Was? NEIN! Absolut nicht! Das ist ja der Gipfel.«

»Ja, ich war auch überrascht ... Beruhigen Sie sich, Dottore, wir finden schon eine Lösung. Ich nehme an, Sie haben schon versucht, mit ihr zu reden.«

»Ja, aber sie ist völlig durchgeknallt. Sie redet vom Heiraten – wir haben uns erst dreimal gesehen! Sie ist jetzt gerade bei mir und ich weiß nicht, wie ich ihr sagen soll, dass sie gehen muss. Ich will nicht unangenehm werden und ihr nicht wehtun, aber ich will nicht mit ihr leben.«

In meinem Kopf entsteht ein Plan. Du wirst schon sehen, *meine Liebe*!

»Ich glaube, ich habe eine Idee, Dottore ... Gehen Sie heute Abend mit ihr essen, um den Rest kümmere ich mich.«

»Wenn Sie sie mir vom Hals schaffen, Éléonore, gebe ich Ihnen eine dicke Gehaltserhöhung!«

»Sehr gut, besorgen Sie schon mal das Geld, Dok.«

Mittwoch

Dottore Di Martino
Corso Giuseppe Garibaldi, Salerno

»Es ist so weit. Der Wagen ist da, sie kommen! Erinnerst du dich an deine Rolle?«

»Sie ist wie für mich gemacht, Éléonore!«

Ich verstecke mich im Badezimmer. Wenn ich die Tür offen lasse, müsste ich das Schauspiel verfolgen können, ohne gesehen zu werden. Ich höre sie auf unserer Etage näher kommen. Die Show kann beginnen!

»Das Restaurant war göttlich, Liebling!«

»Ja, nicht wahr, das Essen war köstlich.«

Jetzt tritt Caterina auf, im Morgenrock und mit Lockenwicklern im Haar.

Sie brüllt.

»Enrico? Wo warst du?! Und wer ist diese Frau?«

Der Dottore scheint überrascht und ein wenig verwirrt. Ich halte die Daumen, dass er gut mitspielt.

»Ach, bist du zu Hause? Ich kann dir alles erklären.«

»Mir erklären? Was willst du mir erklären? Dass du wieder angefangen hast? Ich muss nur für ein paar Wochen nach New York fliegen, zu einem extrem wichtigen Seminar, und schon wieder liegst du in den Armen einer anderen?«

Perfekt! Meine Freundin trägt dick auf – je gröber, desto besser.

»Also gehören die Sachen in der Wohnung IHR? Ich bin wütend, wirklich sehr wütend, Enrico. Verstehst du das?«

Die Nachbarin kann es nicht fassen, sie sieht den Dottore an und wartet auf eine Erklärung. Doch die erfolgt nicht.

»Jetzt rede doch endlich? Hast du jemand in deinem Leben?«

»Natürlich ist da jemand. Wir sind verheiratet.«

»Aber war deine Frau nicht gestorben?«

»Ein Wunder, ich bin auferstanden!«

Caterina hält der Nachbarin ihren Ehering unter die Nase, und diese steht kurz vor einem Herzstillstand. Der Vorteil ist, dass sie sofort gerettet werden könnte.

Ohne ihr Ruhe zu gönnen, legt Caterina weiter nach.

»Das ist schon das dritte Mal in diesem Jahr, Enrico. Wie lange, glaubst du, lasse ich mir das noch gefallen? Eine Frau wie mich zu betrügen! Eine Professorin in Sozialwissenschaft!«

»Mein Gott, was erzählt sie da?!«

Ich sehe, wie sie hin und her läuft, etwas von der Wohnzimmerkommode nimmt …

»Ich bin so genervt, dass ich diese Vase zertrümmern könnte. Ich könnte es wirklich, ist dir das klar?«

»Nein, Liebste, nicht diese Vase. Sie bedeutet mir sehr viel!«

»Na gut, dann eben den Aschenbecher. Das würde reichen, um mich zu beruhigen.«

Sie nimmt ihn und schmettert ihn zu Boden. Die Nachbarin tritt einen Schritt zurück. Das ist gut, sie fängt an durchzudrehen.

»Es tut mir leid«, wiederholt der Arzt. »Es war nur ein Moment der Verwirrung. Du weißt doch, wie allein ich mich ohne dich fühle.«

Jetzt spielt er seine Rolle perfekt und fleht seine falsche Frau an, ihm seine falsche Betrügerei zu verzeihen. Die Nachbarin traut ihren Augen und Ohren nicht. Sie ist tief gekränkt.

»Ein Moment der Verwirrung? Das war ich also für dich? Ein Moment der Verwirrung, Enrico? Wir hatten doch noch so viele Pläne!«

»Ich bin wirklich ein Lümmel ... ich bitte euch beide aufrichtig um Verzeihung.«

»Wenn es so ist, nehme ich meine Sachen und gehe, halt mich bloß nicht zurück!«

»Nein, nein ...«

»Besser so. Und wehe, wenn Sie sich meinem Mann noch einmal nähern! Ich habe Bekannte in allerhöchsten Kreisen!«

Oh Scheiße, jetzt kommt die Frau auf mich zu. Sie hat sicher noch ein paar Sachen im Badezimmer. Ich verstecke mich hinter dem Duschvorhang und halte den Atem an.

Sie lässt sich Zeit, scheint etwas in die Toilette zu werfen. Ich schaue hin: nein, sie schrubbt nur die Schüssel mit der Zahnbürste des Arztes. So nimmt sie Rache. Sie geht wieder hinaus, fuchsteufelswild.

»Adieu, Enrico, und komm mir nie wieder nahe!«

Dann schlägt sie die Tür zu. Der Dottore atmet erleichtert auf. Und ich kann mein Versteck verlassen.

»Sie haben mir beide aus der Patsche geholfen. Mein Gott, was sind Sie stark.«

»Ich hoffe, sie bringt ihre Wäsche nicht in die Reinigung, da könnte sie eine böse Überraschung erleben!«

»Dottore, Sie brauchen eine neue Zahnbürste …«

Zum Schluss trinken wir ein Glas. Mir tut es ein bisschen leid für diesen Mann, der sich so sehr nach Liebe gesehnt hatte …

»Wissen Sie, es klappt nicht immer beim ersten Mal«, sage ich und lächele ihm zu. »Aber der Tag wird kommen, da bin ich sicher.«

»Danke, Éléonore, danke Ihnen beiden.«

»Es war mir ein Vergnügen«, versichert meine Freundin ihm. »Und wenn Sie die Professorin der Sozialwissenschaften wieder brauchen, zögern Sie nicht, es wird mir ein Vergnügen sein.«

Inzwischen ist es spät. Cat und ich beschließen, zu Fuß nach Hause zu gehen. Heute Abend ist die Luft mild, und auf der Straße sind noch eine Menge Autos und Schaulustige unterwegs. Wir lassen uns viel Zeit. Caterina macht sogar eine Pause, um eine Zitronengranita zu genießen.

Dieser Tag war so voller Erlebnisse, dass ich fast nicht an Marco gedacht habe.

Wenn man anderen hilft, dann hilft man eben auch immer ein bisschen sich selbst.

Donnerstag

Signora Marino
Via dei Mercanti, Salerno

Heute Morgen hatte ich einen Rückfall. Ich hatte die Nachricht von Marco wieder angehört und bin bei ihm vorbeigegangen, in der Hoffnung, ihn wiederzusehen.

Als ich in der Nähe von Signora Marino parkte, wurde ich fast schwach und hätte ihm beinahe eine Nachricht geschickt, um ihm zu sagen, wie sehr er mir auch fehlt. Da es zu schwierig war, mich auf der Straße oder im Auto in die Brettposition zu begeben, habe ich den Sitz heruntergeklappt und zwanzig Liegestütze gemacht.

Ich kam gerade von der letzten nach oben, als ich einen Schrei ausstieß: Eine alte Frau beobachtete durchs Wagenfenster, was ich hier am frühen Morgen trieb.

Ich mache wirklich die unmöglichsten Dinge. Das muss aufhören.

Signora Marino hat gerade Kundschaft, und so widme ich mich der Reinigung des Bücherregals und allen Arbeiten, die keinen Lärm machen, meine Playlist im Ohr.

Mit Musik zu putzen, ist viel angenehmer, und auch wenn ich mich völlig an das italienische Leben gewöhnt habe, so werde ich doch durch die französischen Chansons meiner Jugend high. Ménélik droht seiner Frau gerade »bye-bye« zu sagen, als ich sehe, wie die Kundin hinausgeht.

Sie weint, aber das kommt oft vor. Offenbar sind es befreiende Tränen, die eher wohltuend sind. Von außen betrachtet, kriegt man nicht so richtig Lust darauf ...

Linda kommt auf mich zu.

»Guten Tag, Éléonore, wie geht es Ihnen? Sie haben eine schöne Seele, wissen Sie.«

Uff! Sie wirft mich heute nicht raus.

»Es ist übrigens eine alte Seele ... Sie hatten schon mehrere Leben.«

Ich hoffe, dass es mir in den anderen weniger schlecht ging. Aber mein Medium fängt an, mich ernsthaft zu beunruhigen.

»Sie tragen viel Weisheit in sich.«

Ich habe gerade Liegestütze in meinem Auto gemacht, um meinem Ex nicht zu schreiben, nachdem ich wieder angefangen hatte, ihn zu stalken. Und du redest von Weisheit!

»Ich weiß, dass es Ihnen schwerfällt, mir zu glauben. Denn manchmal reagieren Sie wie ein Teenager. Aber Sie dürfen sich so benehmen, es ist nur eine Etappe in dem Prozess.«

Die Lady hat ganz offensichtlich telepathische Fähigkeiten.

Wenn Sie schon meine Gedanken lesen können, Signora, es tut mir leid, dass ich Ihnen die Sache mit dem Hund vorgelogen habe ... Bitte werfen Sie mich nicht raus.

»Ich sage es noch mal: Sie haben eine schöne Seele und die Menschen in Ihrem Leben können von Glück sagen, dass sie Sie haben.«

In diesem Gespräch, das im Grunde ein Monolog war, bin ich gar nicht zu Wort gekommen, jetzt geht sie und verschwindet in ihrem Zimmer.

Ich stehe da und komme mir idiotisch vor. Ich muss zugeben, ich bin sehr skeptisch, aber meine Neugierde auf diese Frau wächst.

Ich würde sie gern um Rat fragen, einfach, um es zu probieren ... Aber ich habe keine Ahnung, was eine Sitzung bei ihr kostet, und so einen Luxus kann ich mir einfach nicht erlauben.

Ich hole den Staubsauger, schüttele die Kissen auf, räume die Küche auf und putze sie.

Als die Wohnung sauber ist, klopfe ich an ihre Tür, um zu sagen, dass ich gehe.

»Danke, Éléonore, hier ist Ihr Geld.«

»Danke und bis nächste Woche, Linda.«

»Ja, oder vorher. Wer weiß?«

Freitag

Signor und Signora Landi
Via dei Principati, Salerno

Als ich hereinkomme, ist die Wohnung völlig durcheinander. Ich denke sofort an einen Einbruch. Aber als ich dann Claudia mit ihrer Tasche und ihren Handtüchern unterm Arm sehe, wird mir klar, dass sie und ihr Mann einfach nur einen Rückfall in ihr Chaos hatten.

»Mein Gott, Éléonore, es tut mir furchtbar leid! Ich wollte aufräumen, bevor Sie kommen, aber dann wurde mir alles zu viel.«

»Was für ein Durcheinander, Claudia. Bis ich alles aufgeräumt habe, kann ich mich nicht mehr um den Rest kümmern …«

»Können Sie heute nicht etwas länger bleiben? Ich zahle Ihnen natürlich Überstunden, bitte … Ich bedauere es wirklich sehr. Ich habe die ganze Woche am Strand verbracht und Zeit für nichts anderes gefunden.«

Ich lache nervös. Für uns bedeutet »Ich habe Zeit für nichts anderes gefunden« nicht dasselbe. Verflixt, die Reichen haben manchmal verdammtes Glück!

»Ich habe nach Ihnen noch einen anderen Kunden und frage ihn, ob ich später kommen kann. Aber versprechen kann ich nichts.«

Sie fällt mir um den Hals.

»Sie sind die Allerbeste. Danke! Ich muss los, ich bin schon spät dran.«

Was macht die Frau nur den ganzen Tag am Strand? Ein Geheimnis, das ich nicht durchdringen kann. Aber mir geht ja auch so schon genug durch den Kopf. Ich schicke Signor Amato eine Nachricht und frage, ob ich zwei oder drei Stunden später kommen kann. Er antwortet sofort:

Natürlich. Kein Problem. Kommen Sie, wann Sie können.

Letztlich ist das eher positiv: So habe ich mehr im Portemonnaie.

Oder besser gesagt, in meiner Spardose.

Mit diesen Überstunden, das verspreche ich mir, leiste ich mir auf der Piazza San Marco einen Spritz.

Ich habe das Gefühl, auf einem Regenbogen zu wandeln.
Ich bin hypnotisiert von all diesen Farben, den kleinen Häuschen,
von der Wäsche, die an den Fenstern tanzt.
Natürlich hatte ich Bilder, Videos gesehen.
Aber nichts kam mit dieser Realität mit.
Burano war nie so schön wie in Wirklichkeit.

Samstag

Éléonores Wohnung
Via Camillo Sorgente, Salerno

»Mama? Papa ist da!«

»Ich komme.«

Ich trockne mein Haar und treffe im Wohnzimmer auf all meine Leute.

»Du hast ja wieder abgenommen, Liebes. Was machst du bloß?«

»Guten Tag, Sascha. Möchtest du einen Kaffee?«

Die Kinder verschwinden in ihren Zimmern. Sie möchten bei dem Gespräch nicht dabei sein.

»Geht es dir gut?«

»Sehr gut, und dir?«

»Ja, ganz okay. Ich bringe dir den Unterhalt. Ich habe das Geld in bar, passt dir das?«

»Perfekt.«

»Okay. Ich will nicht lange um den heißen Brei herumreden. Ich möchte im Winter, vielleicht Weihnachten, mit den Kindern nach Frankreich fahren.«

Ich antworte nicht und er fährt fort:

»Sie haben meine Eltern schon lange nicht mehr gesehen.«

»Ich verstehe, sie werden sich freuen.«

»Mir ist nicht wohl beim Gedanken, dich während der Feiertage allein zu lassen.«

»Mach dir um mich keine Gedanken, Sascha.«

»Willst du nicht auch mitkommen?«

»Wie bitte? Mit deiner Frau und deiner Tochter? Eine Art Reisegruppe?«

»Ja, nein, ich meine, für dich schon. Ich dachte, so hast du vielleicht Gelegenheit, deine Eltern wiederzusehen.«

»Erstens habe ich nicht das Geld dazu. Zweitens wollen meine Eltern mich nicht sehen, das weißt du genau. Und, ehrlich gesagt, will ich das auch nicht. Ich habe mich seit langem damit abgefunden und ich kann sehr gut ohne sie leben. Wenn ich überlege, habe ich schon immer ohne sie gelebt, auch als sie da waren.«

»Was machst du denn dann so allein?«

»Hör auf, immer zu sagen, dass ich allein bin, verdammt! Was weißt du schon? Vielleicht habe ich ja jemanden ...«

»Du hast jemanden?« Er zieht eine Braue hoch.

»Das geht dich nichts an. Ich habe Freunde, ich habe Laura, die mehr bei uns wohnt als zu Hause. Ich werde mich schon beschäftigen, mach dir um mich keine Sorgen, Sascha.«

»Okay. Manchmal mache ich mir Vorwürfe, dass ich dich nach Salerno gebracht habe ... Ich wusste nicht, dass wir ...«

»Dass wir uns nicht mehr lieben würden? Das konnte keiner wissen. Und ich lebe sehr gern in Italien. Ich mag dieses Land, diese Stadt und dich auch immer noch. Nicht wie früher, das ist wahr, aber das ist doch ganz egal, oder?«

Er nimmt meine Hand und küsst sie.

»Ich mag dich auch immer noch.«

»Ich bin sehr froh, dass du der Vater meiner Kinder bist. Da gibt es nichts zu bedauern.«

Ich lächele ihm zu und wir trinken schweigend unseren Kaffee.

Bevor Sascha geht, hole ich in der Diele mein Portemonnaie, um den Unterhalt hineinzulegen. Aber ich finde es nicht.

Ich werde nervös. Ich leere meine Handtasche auf dem Tisch aus, frage die Kinder, ob sie es gesehen haben, und dann helfen mir alle suchen.

Nichts!

Plötzlich kommt mir die Wohnung von Signor D'Amato von gestern Abend in den Sinn und ich erinnere mich, wie ich beim Weggehen mein Portemonnaie aus der Tasche nahm, um das Geld hineinzutun, das er mir hingelegt hatte.

Ich habe wohl einfach vergessen, es einzustecken.

Ich versuche, meinen Kunden anzurufen, aber ich erreiche ihn nicht.

Ich hinterlasse eine Nachricht und sage, dass ich heute tagsüber vorbeikommen werde, um das verdammte Portemonnaie zu holen, das, wie ich hoffe, bei ihm ist.

Sascha fragt zum x-ten Mal, ob es mir auch an nichts fehlt, umarmt die Zwillinge und grüßt Laura, bevor er geht.

Ich wende mich den Kindern zu.

»Was habt ihr für Pläne für heute?«

»Strand. Bei der Hitze gibt es nichts Besseres. Kommst du mit?«, fragt mein Sohn.

»Mmh, ich weiß nicht. Wollt ihr wirklich eure alte Mutter mitschleppen?«

»Klar wollen wir das«, versichert Élise.

»Jetzt hättet ihr eigentlich sagen müssen: ›Aber nein, liebe Mami, du bist doch nicht alt!‹«

»Aber nein, liebe Mami, du bist doch nicht alt!«

»So hört es sich schon besser an, also gehen wir.«

Nachdem ich alle gewissenhaft mit Sonnencreme Lichtschutzfaktor 50 eingerieben habe, lege ich mich flach wie ein Pfannkuchen auf mein Tuch.

Während die Jugendlichen im Wasser sind, sehe ich mir zwei Videos über mit Kärcher gereinigte Böden an und höre dann die Hellseherinnen auf TikTok erneut sagen, wie sehr mein Ex an mich denkt.

Da ist Marco schon wieder, und das ist mir etwas zu viel. Sobald ich versuche, mich zu erholen, sobald ich nicht beschäftigt bin, gelten alle meine Gedanken nur ihm.

Das ist zwanghaft, bedrückend.

Ich beschließe, spazieren zu gehen.

Es ist angenehm zu laufen, die Füße im Wasser, die leichte Meeresbrise, die mein Haar umspielt. Ich denke nicht mehr an Marco. Weder an seinen Geruch noch an seine feurigen Nachrichten, die mich den ganzen Tag anspornten, noch an seinen Bart auf meiner Haut ...

Wie mir das auf den Geist geht!

»Éléonore? Éléonore!«

Wer ruft mich da? Ganz egal, Hauptsache, es lenkt mich ab.

»Oh, Claudia! Mir war gar nicht klar, dass ich bei ihrem Sonnenschirm angekommen war.«

»Kommen Sie, Éléonore, damit ich Sie vorstelle.«

Sie hat dasselbe kleine Mädchen wie neulich auf dem Arm. Ich trete näher und lasse mich auf der Liege neben ihr nieder.

»Das ist Aya, sie ist zwei.«

»Guten Tag, Aya.«

Ich streichele die Wange der kleinen Puppe, dann sehe ich Claudia fragend an.

»Éléonore, die Unordnung zu Hause hat auch mit ihr zu tun. Ich verbringe jeden Tag hier mit ihr und passe auf sie auf.«

»Sie passen auf sie auf?«

»Ja. Ich habe ihre Mutter kennengelernt – an dem Tag, als wir beide am Strand waren. Als Sie gegangen sind, kam sie mit Aya hierher. Sie bot mir an, mir Zöpfe zu flechten. Das ist ihr Job: Den ganzen Sommer über läuft sie den Strand entlang, mit der Tochter auf dem Arm, und frisiert Touristen. Ich wollte keine Zöpfe, aber wir kamen ins Gespräch. Ich fragte sie, ob es für die Kleine bei dieser Hitze nicht zu anstrengend sei. Sie sagte, Aya sei es gewöhnt. Außerdem haben sie keine Wahl. Sie habe keine Verwandten hier, nur ihren Mann, der arbeite aber auch. Ihre Mutter und ihre Schwestern seien im Senegal. So ergab es sich, auch weil ich zu nichts mehr in der Lage bin, es nicht mal schaffe zu arbeiten, wissen Sie, wegen der ganzen Liebe, von der ich nicht weiß, wohin, habe ich ihr vorgeschlagen, auf Aya aufzupassen, unter dem Sonnenschirm, wo es kühl ist, während sie unterwegs ist.«

Ich sehe die Spielsachen im Sand, den Eimer, die Schippen und die Harke, die gepunkteten Schwimmflügelchen, die Prinzessinnen-Trinkflasche und alles, was diese Frau, deren Bauch zu ihrer Verzweiflung leer bleibt, für das Mädchen gekauft hat. Ich weiß nicht, ob mich das freut oder furchtbar traurig macht.

»Zuerst wollte Amionata, die Mutter, das nicht. Die Frauen unter den Sonnenschirmen nebenan, die ich gut kenne, und die Besitzer des Lido mussten sie erst beruhigen und ihr versichern, dass ich weder verrückt bin noch Kinder raube. Am ersten Tag durfte ich sie nur eine halbe Stunde haben. Danach kam die Mutter zurück, um zu sehen, ob alles in Ordnung war. Und nach und nach hat sie mir das Mädchen länger anvertraut. Alle haben etwas davon. Sie kann leichter arbeiten, Aya kann den Strand genießen wie ein Kind ihres Alters, sie ist ja so reizend.«

»Und Sie?«

»Ich fülle die große Leere aus, Éléonore. Ich habe wieder Lust am Leben gefunden. Das habe ich gebraucht …«

Samstag

Signor D'Amato
Corso Vittorio Emmanuele, Salerno

Ich habe immer wieder angerufen, vergeblich; ich habe geklingelt und an die Tür geklopft, aber die Wohnung scheint leer zu sein. Ich nehme also meinen Schlüssel, um wieder an mein Portemonnaie zu kommen.

Ich sehe es sofort, es liegt auf der Konsole in der Diele. Ich seufze erleichtert auf und stecke es in meine Handtasche.

Als ich die Wohnungstür wieder schließe, spricht mich jemand auf dem Hausflur an.

»Kann ich Ihnen helfen?«

»Guten Abend. Nein danke.«

»Sie kommen gerade aus meiner Wohnung.«

»Ach, Signor D'Amato? Ich bin Éléonore!«

»Natürlich! Éléonore, freut mich!«

Er reicht mir die Hand und ich lächele ihm zu – lange, zu lange. Ich kann gar nicht aufhören zu lächeln. Ach du meine Güte, der Typ ist ja super.

Sag was, verdammt!

»Ich ... Ich habe Sie ein paarmal angerufen, wegen ... Mein Portemonnaie, ich hab's verloren ... Nein, ich hab es wiedergefunden, es ist bei Ihnen ... Es *war* bei Ihnen. Ich habe es mir gerade wiedergeholt. Aber ich hatte Ihnen eine Nachricht geschickt. Na ja, jedenfalls habe ich es jetzt wieder!«

Ich halte es triumphierend hoch.

Mein Kunde nickt wohlwollend.

»Ich habe mein privates Handy heute Morgen zu Hause gelassen und war den ganzen Tag über nicht hier. Deshalb habe ich Ihre Anrufe und die Nachricht nicht gesehen. Tut mir leid, gut, dass alles wieder in Ordnung ist.«

Ich denke über mein Aussehen nach, nicht gerade prachtvoll: Ich habe mein Strandkleid an, bin ungeschminkt, hab eine große Haarklammer oben auf dem Kopf und in meinen alten Badelatschen ist noch Sand.

»Also gut, ich gehe dann. Hat mich gefreut, Sie kennenzulernen.«

»Mich auch, und danke für alles, was Sie bei mir machen. Ich bin Caterina dankbar, dass sie Sie mir vermittelt hat.«

Und ich erstmal!

Warum hat mir Caterina nie erzählt, dass er aussieht wie ein Gott?! Sonst erzählt sie mir immer lauter unwichtige Details über die Kunden in ihrer Reinigung. Aber dass dieser Typ umwerfend ist, hat sie mir verschwiegen. »Wollen ... wollen Sie vielleicht etwas trinken? Unten in der Bar? Ich treffe mich dort mit ein paar Freunden ... Vielleicht haben Sie auch Lust.«

Ich will spontan ja sagen – warum eigentlich nicht? Aber mein Telefon vibriert: Der Vorname des Mannes, den ich liebe, erscheint auf dem Display.

»Das ist nett, aber ich muss los. Ein anderes Mal vielleicht.«

Sonntag

Markt
Altstadt von Salerno

Ich habe Obst und Gemüse gekauft, ein bisschen Fisch und Käse: Das hält eine ganze Woche. Caterina, die mich heute Morgen begleitet, lässt mich nicht zu Wort kommen. Seit einer halben Stunde hält sie mir eine Moralpredigt.

Gestern Abend habe ich Marco wiedergesehen. Und ich bereue es. Nicht, dass ich ihn gesehen habe, sondern dass ich es meiner Freundin gestanden habe, die seitdem ununterbrochen auf mich einredet und immer dasselbe sagt:

»Also wirklich, Éléonore! Super, ihr habt gevögelt und dann? Seit über einem Monat versuchst du, ihn zu vergessen, seit einem Jahr hast du ein Höllenleben wegen diesem Kerl, und was machst du? Es fällt dir nichts ein, als zu ihm zurückzukehren. Das ist wirklich der Gipfel. DER GIPFEL, Éléonore. Bist du vielleicht Masochistin? Du kannst es mir ruhig sagen, ich wäre nicht schockiert ...«

»Kannst du bitte aufhören? Ich weiß, dass ich eine Dummheit gemacht habe. Wir brauchen jetzt nicht hundert Jahre darüber zu reden!«

»Ich frage mich wirklich, wo du deinen Kopf hattest!«

»Er lehnte am Kissen auf meinem Sofa.«

Sie fängt an zu lachen und ich schließe mich ihr an.

»Er war also bei dir in der Wohnung?«

»Ja … Die Kinder waren bei Sascha, und Laura war bei sich zu Hause.«

»Ist er die ganze Nacht dageblieben?«

»Nein.«

»Natürlich nicht, er ist schließlich verheiratet! Und nie kann er dir das Leben bieten, das du dir wünschst …«

»Hör bitte auf.«

Ich sehe ihrem Gesicht an, dass sie es bedauert.

»Wie fühlst du dich?«

Ich zucke mit den Schultern.

Ich fühle mich innerlich wie tot, aber ich hüte mich, ihr das zu sagen.

Es war ein Rückfall, ein einziger, und das wissen wir beide. Es war das letzte Mal.

Caterina bleibt vor einem Blumenladen stehen, als ich meinen Namen in der Ferne höre.

»Ach, da ist ja Éléonore, Schätzchen, da ist deine Freundin Éléonore!«

Signor Ferrara kommt auf uns zu; seine Frau, ganz blass im Gesicht, folgt ihm. Ich grüße sie und gebe Caterina einen Stoß mit dem Ellbogen, damit sie mir aus der Patsche hilft.

»Guten Tag!«

»Ich habe doch gleich gemerkt, dass Sie es sind. Guten Tag, Éléonore, wie geht es Ihnen heute bei diesem herrlichen Wetter?«

»Super gut, danke!«

»Ich nehme an, Sie gehen in die Messe.«

»Hm, ich weiß nicht so recht; ich habe heute Morgen sehr viel zu erledigen.«

»Für unseren Herrn muss man immer Zeit finden, nicht wahr, Liebling? Kommen Sie doch mit uns.«

Signora Ferrara wird immer weißer im Gesicht. Ich wusste nicht, dass man seine Bräune so schnell verlieren kann. Ich will gerade mit einer Ausrede kommen, als meine Freundin – dieses Miststück – mir ein Messer in den Rücken rammt.

»Geh nur, meine Liebe, ich kümmere mich um deine Einkäufe. Heute kannst du ein Gebet gebrauchen. Damit Gott dir hilft, wirklich.«

Sie lächelt mir zu, nimmt meine Taschen und lässt mich stehen, mit vor Staunen offenem Mund.

»Das ist doch perfekt. Wir fahren Sie hin! Das ist praktischer. Unterwegs können wir ein bisschen plaudern. Ich habe jede Menge Fragen wegen des Intervallfastens ... Stellen Sie sich vor, ich habe damit angefangen!«

Tatsächlich ...

Sonntag

Kathedrale
Piazza Alfano I., Salerno

»Im Namen des Vaters und des Sohnes und des Heiligen Geistes.«

»Amen.«

Ich sitze als Geisel zwischen den Eheleuten Ferrara auf einer Kirchenbank.

Ich kenne den Ort, denn ich war schon mal mit Andrea hier. Die Kathedrale ist wunderschön, und wenn man sie sich anschaut, versteht man schnell warum. Mein Sohn wollte unbedingt die Krypta sehen, in der sich außer den beiden Statuen von San Marco, dem Patron von Salerno, ein Baumstumpf befindet, auf dem drei Märtyrer geköpft worden sind. Der Legende nach kann man noch, wenn man das Ohr an den Baumstamm hält, das Blut fließen hören.

Das Einzige, was ich gerade wahrnehme, ist meine Wut. Caterina wird für ihren kleinen Scherz teuer bezahlen.

Wenn es Gott wirklich gibt, muss er mir sehr böse sein, weil er mich das alles ertragen lässt. Vielleicht sollte ich meine Gegenwart in Seinem Haus nutzen, um ihn zu bitten, mir etwas mehr Freiraum zu geben?

Reglos auf diesem unbequemen Holzteil zu sitzen, eine Ewigkeit lang, wie mir scheint, macht mich ganz irre. Ich hab versucht, nicht an gestern Abend zu denken, aber das ist schiefgegangen. Meine Erinnerungen werden wieder wach. Nach und nach werden die Gebete und Gesänge zu einem weit entfernten Stimmengewirr und ich spiele im Kopf die Szene mit Marco wieder durch.

Ich war noch im Treppenhaus von Signor D'Amato. Mein Ex schien überrascht, meine Stimme zu hören. Er hatte wohl gedacht, nur den Anrufbeantworter zu erreichen.

Er brauchte ein paar Sekunden, um herauszubringen, was er mir sagen wollte. Offenbar hatte er ganz unüberlegt bei mir angerufen, war einer inneren Regung gefolgt.

Er kennt die Technik der Brettposition nicht.

Schließlich gab er zu, dass er das Bedürfnis hatte, mich zu sehen, er sei ganz bedrückt ohne mich, er sei unglücklich, ihm sei zwar klar, dass sein Geständnis unsere unmögliche Situation nicht verbessern würde, aber er könne einfach nicht mehr und habe Angst, verrückt zu werden.

Ich ließ ihn ausreden, all seine Emotionen zum Ausdruck bringen – als hätte ich mit meinen nicht genug zu tun – und sagte dann:

»Gut, treffen wir uns, ein letztes Mal.«

Ich sagte ihm, er solle in einer Stunde zu mir nach Hause kommen, so hatte ich etwas Zeit, mich vorzubereiten. Sechzig Minuten, in denen ich kaum Luft bekam, unfähig war zu denken. Ich duschte mich, zog mich an, schminkte mich wie ein Roboter. Ich habe ein bisschen im Wohnzimmer aufgeräumt, eine Kerze angemacht, einen Schluck Likör getrunken, den ich zufällig in einem Schrank gefunden hatte – vielleicht Sambuca, vielleicht etwas anderes –, dann habe ich mich hingesetzt und gewartet.

Er kam genau pünktlich. Als ich die Tür öffnete, fiel mir sofort auf, dass er abgenommen hatte und von Unglück gezeichnet war.

Nicht nur das Herz leidet, der Körper tut es auch.

Wir haben uns geküsst, haben uns geliebt, ohne ein Wort zu sagen. Auch danach brauchten wir noch etwas Zeit, bevor wir reden konnten.

Marco sagte als Erster etwas:

»Ich komme nicht von dir los.«

Ich habe geweint, ohne Schluchzen. Mir liefen die Tränen einfach so herunter, als hätten sich zu viele angesammelt und ich müsste sie loswerden.

Ich gab zu, dass ich wütend auf ihn sei, dass ich ihn auch liebte, dass es weh täte. Und dass wir, wenn wir uns wiedersähen, die Wunde nur wieder aufreißen würden.

»Ich kann meine Frau nicht verlassen«, sagte er erneut.

»Das habe ich auch nie von dir verlangt«, antwortete ich.

Das ist wahr. Ich könnte die Verantwortung nicht tragen, eine Familie zu zerstören. Ein Mann, der mit einer verheirateten Frau schläft, ist ein Verführer, eine Frau, die dasselbe tut, ist ein Biest. Wir haben auch hier den schlechten Part.

Ich will nicht so eine Frau sein. Ich könnte das meinen Kindern nicht zumuten und würde es mir nie verzeihen. Caterina kann mir dutzendmal sagen, dass der eigentliche Übeltäter Marco ist, denn er ist verheiratet, während ich allein bin, ich betrüge ja niemanden – aber ich habe es nie geschafft, mich von Schuldgefühlen zu befreien.

Ich hätte fliehen sollen, gleich als es anfing. Aber man

kann die Zeit nicht zurückdrehen und das Herz hat auch seine Gründe ... Die sind stärker als alles andere.

Es fiel uns sehr schwer, uns zu trennen. Ich konnte die Hände nicht von seinem Körper nehmen, er konnte nicht aufhören, mich zu küssen. Es war wie die letzte Zigarette, bevor man mit Rauchen aufhört: Wir haben jeden Zug genossen.

Als er endlich ging, wusste ich es, wusste tief in meinem Innern, dass ich ihn zum letzten Mal gesehen hatte.

Die furchtbare Stimme der alten Frau aus dem Kirchenchor bringt mich in die Wirklichkeit zurück, ich bin in der Messe. Ich beobachte meine Nachbarn.

Signor Ferrara, in enger Verbindung mit dem HERRN, verpasst keinen Augenblick von dem, was passiert. Es ist ein Wunder, dass er endlich die Klappe hält. Während der ganzen Fahrt hatte er geplappert und mir jede Menge Fragen gestellt, auf die er selbst antwortete – ich weiß nicht, wie man so einen Typen im täglichen Leben ertragen kann.

Seine Frau scheint sehr gestresst zu sein; das sehe ich an ihrem Bein, das ständig in nervöser Bewegung ist. Ich nutze die spirituelle Trance, in der sich ihr Mann befindet, lege meine Hand auf ihren Arm und sehe sie aufmunternd an.

Sofort beruhigt sie sich. Entgegen aller Erwartung legt sie ihre Hand auf meine.

So verbleiben wir für ein paar Minuten, bis der Priester uns auffordert, aufzustehen.

Die Messe dauert über eine Stunde. Gefühlt zweiunddreißig.

Immerhin habe ich die Kühle in der Kirche genossen, die

sich wohltuend von der drückenden Luft, die draußen herrscht, unterscheidet.

Endlich wünscht uns der Priester einen schönen Sonntag. Und ENDLICH gehen wir ins Freie.

Ich erkläre sofort, dass ich zu Fuß gehe, mit der Begründung, dass ich vor dem Essen noch einiges zu erledigen habe. Das Paar verabschiedet sich, mein Martyrium ist zu Ende.

Aber ganz offensichtlich ist Gott mit mir noch nicht fertig.

»Ich habe mir gemerkt, dass Sie nicht zu Abend essen«, ruft mir Francesco Ferrara zu, »also laden wir Sie nächsten Sonntag nach der Messe zum Mittagessen ein. Mittags essen Sie doch etwas, oder, Éléonore?«

Das kann doch nicht wahr sein! Kann dieser Idiot mich nicht endlich in Ruhe lassen?

»Nein, mein Schatz, sie hat sicher andere Pläne!«

Du sagst es, meine Schwester. Lieber reiße ich mir die Nasenhaare mit einer Zange raus.

»Es gibt keine Pläne, die wichtiger sind, ich bestehe darauf!«

»Ich ... Hören Sie, das ist sehr freundlich. Aber ich weiß wirklich noch nicht, ob ich dann Zeit habe ... Sie wissen ja, wie es ist, bei Kindern ist es unmöglich, irgendetwas vorher zu wissen. Jugendliche haben immer einen Zeitplan wie ein Minister, und ich muss sie oft irgendwo hinfahren, deshalb ...«

»Sagen Sie meiner Frau Bescheid, dass Sie kommen. Nicht, mein Schatz, du regelst das alles? Mit einem schönen, kleinen Essen, wie du es so gut kannst.«

»Ja natürlich«, sagt sie leise und senkt den Kopf.

Ich muss meine feministischen Impulse unter Kontrolle halten, um diesen Mann nicht körperlich anzugreifen, dazu noch vor einer Kultstätte wie dieser. Man muss glauben, dass mir der Herr noch auf der Zielgeraden zu Hilfe kommt, denn ich schaffe es, höflich zu bleiben, und schließlich gehen sie.

In weniger als einer Sekunde zücke ich mein Telefon und lasse meine Wut an Caterina aus.

Ich hoffe, du hast das Land verlassen,
ich werde dich finden und umbringen!

Achtzehn Schritte und ebenso viele Erinnerungen.
Ich habe hundert Brücken betreten und wieder verlassen.
So viele habe ich im Leben noch nicht gesehen.
Venedig hat mehr als vierhundert.
Ich bin erschöpft. Glücklich und erschöpft.
Müde vor Wohlgefühl.
Das weiche, breite Hotelbett streckt mir die Arme entgegen.
Wovon kann ich träumen, wo ich jetzt alles hier
mit eigenen Augen gesehen habe?

Montag

Dottore Di Martino
Corso Giuseppe Garibaldi, Salerno

Ich hatte große Angst, der Nachbarin in der Eingangshalle zu begegnen; noch nie bin ich so schnell die Treppe nach oben gegangen. Aber alles ist ruhig – *tutto tace*, wie man in Italien sagt. Die Wohnung ist heute Morgen leer.

Auf dem Küchentisch finde ich einen Umschlag: »Für Éléonore«. Darin ein Kärtchen und zwei Scheine. Zweihundert Euro, genau gesagt.

»Vielen Dank nochmals für Ihre Hilfe. Bitte nehmen Sie zum Dank außer der Gehaltserhöhung dieses Trinkgeld an, Éléonore. Nicht nur für neulich Abend, sondern auch für alles, was Sie seit zwei Jahren für mich tun. Sie sind ein besonderer Mensch, und ich habe viel Glück, dass Sie zu meinem Leben gehören.«

Ich bin verwirrt. Seine Geste rührt mich natürlich, aber ich stelle fest, dass die letzten Worte, die der Doktor geschrieben hat, den Worten von Linda nicht unähnlich sind.

Entweder hat die Frau wirklich eine Begabung oder es ist einfach nur Zufall.

Ich nehme einen Stift, um meine Dankbarkeit auszudrücken, und nehme mir vor, ihm zu erzählen, dass ich mir mit diesem Geld einen Traum erfüllen werde. Ich will die Scheine schnell in meine Spardose tun, zum ersten Mal so große.

Seit drei Jahren spare ich schon in der Hoffnung, mir zum vierzigsten Geburtstag eine Reise nach Venedig leisten zu können.

Als Sascha den Job in Italien fand – ich war damals gerade mit den Zwillingen schwanger –, dachte ich sofort an diese Stadt, von der ich immer träumte. Ich wollte in dem Land Italienisch lernen und eine Liebesreise nach Venedig machen.

Doch durch beides, die Unwägbarkeiten des Lebens und die schließlich erloschene Liebe, wurde mein Traum beiseitegeschoben.

Bei einem Gespräch mit meinen Kindern über banale Dinge habe ich ihn wieder aus der Schublade geholt.

Wir saßen alle drei auf dem Sofa und träumten ein wenig. Was aus uns werden könnte, was für geheime Wünsche wir hatten ... Élise, die Mangas verschlingt und Sushis verfallen ist, möchte gern nach Japan. Andrea schwankte zwischen Mexiko und Brasilien.

»Warum solltest du nur ein Land auswählen? Du besuchst einfach beide, mein Sohn!«

»Und du, Mama, wohin würdest du fahren?«

»Nicht sehr weit weg ...«

Zum ersten Mal habe ich ihnen von Venedig erzählt, der Serenissima und von meinem Vorhaben. Ich habe ihnen von der Reise ihrer Großeltern berichtet, von der Neugier, die diese in mir geweckt hatte, von allen Büchern, Reportagen und Filmen zu dem Thema, die ich in ihrem Alter gesehen hatte. Ich kam mir ein bisschen dumm vor. Sie redeten von fernen Ländern, und ich war nicht mal in der Lage, innerhalb des Landes zu reisen.

»Mama, du fährst zu deinem vierzigsten Geburtstag dorthin!«

Das war ein Befehl. Andrea schloss sich seiner Schwester sofort an und machte Reisepläne für mich. Dann sagte er:

»Aber wenn du hinfährst, dann in großem Stil! Mit Gondelfahrt, Restaurants mit Blick aufs Wasser und einem schicken Hotel.«

Ich nickte. Da ich nun schon so lange darauf warte, möchte ich nicht, dass es ein Billigtraum wird.

Sie bastelten für mich eine große Spardose, dekoriert mit Zeichnungen, die sie von Venedig gemacht hatten.

Ich sah sie immer wieder Geldstücke hineinwerfen. Sascha beteiligte sich manchmal auch, zu Weihnachten oder zum Geburtstag, obwohl ich dagegen protestierte.

Natürlich musste ich schon manchmal an das Ersparte gehen, aber ich habe mich nie entmutigen lassen.

Eines Tages werde ich Venedig sehen.

Und mit diesem dicken Trinkgeld vielleicht eher als gedacht.

Dienstag

Signora Rizzo
Via Spinosa, Salerno

Heute Morgen schläft Geraldina noch – was ganz ungewohnt ist, sie ist nämlich Frühaufsteherin – und das beunruhigt mich.

Ich mache es so wie mit meinen Kindern, als sie noch klein waren. Ich öffne die Tür und halte den Atem an, um den ihren besser wahrnehmen zu können. Nach ein paar Sekunden, die mir endlos scheinen, höre ich schließlich:

»Ich bin nicht tot, keine Panik!«

Dann folgt ein kindliches Lachen.

Sie freut sich auch noch über ihren Scherz.

Ich gehe ins Zimmer, nehme die Fernsteuerung, um die Vorhänge zu öffnen, und setze mich auf den Sessel nahe dem Bett.

»Wie geht es Ihnen heute Morgen?«

»Gut, ich habe mich nur ausgeschlafen. So schnell wirst du mich nicht los, junges Mädchen!«

»Das will ich hoffen. Kaffee ans Bett oder in der Küche?«

»Das kommt drauf an, hast du spannende Neuigkeiten?«

»Ja.«

»Wunderbar. Dann Kaffee in der Küche, hilf mir, meine alten Knochen aus dem Bett zu kriegen. Ich will alles wissen, alles!«

Eine knappe halbe Stunde später ist sie fertig.

»Na, dann los, Madame, halten Sie mich bitte am Arm fest. Jetzt können wir beide plaudern.«

Sie sieht strahlend aus in ihrem hübschen blauen Kleid. Plötzlich wirkt sie zehn Jahre jünger.

Ich glaube, dienstags ist sie wirklich in guter Stimmung.

Die Tage und Wochen vergehen für mich schnell, aber wahrscheinlich nicht für meine alte Freundin. Mich überkommt ein Anflug von Schuldgefühl. Ich könnte sie ab und zu zwischen zwei Putzterminen besuchen, das würde ihr Freude machen und mir auch – ich mag ihre Gesellschaft sehr.

Geraldina hatte ein Kind, eine Tochter von ihrem zweiten Mann; manchmal erzählt sie von ihr. Die kleine Nunzia wurde mit einem Herzfehler geboren und hat nur wenige Tage gelebt. Über sechzig Jahre später ist der Schmerz immer noch groß, wenn ihre Mutter von ihr spricht.

Diese Tragödie habe sie für immer verändert, vertraute sie mir eines Tages an.

»Mein Herz wurde plötzlich zu einem dicken Stein, und der Gedanke an meine Tochter war für lange Zeit, sehr lange Zeit die einzige Blume, der es gelang, den Stein bröckeln zu lassen.«

Das Ehepaar Rizzo war sich zuerst in der Trauer sehr nah, aber mit der Zeit entfernten sie sich voneinander.

Der Mann hätte gern ein anderes Kind gehabt. Nicht um den Kummer beiseitezuschieben – er wusste, dass dies unmöglich ist –, sondern um wieder Freude am Leben zu haben.

Geraldina konnte es nicht. Ihr Schmerz und die Angst, der Alptraum könne sich wiederholen, beherrschten sie völlig.

Sie blieben zusammen, aber es war nie mehr wie vorher.

Signor Rizzo begann zu trinken, und der Kummer und der viele Alkohol, mit dem er ihn ertränkte, brachten ihn vor fast zwanzig Jahren um.

Geraldina hat mir sogar gestanden, dass sie ihn um seinen Tod beneidete.

»Er ist wenigstens nicht mehr allein. Er hat unsere liebe kleine Tochter wiedergefunden.«

Seit sie älter ist, fürchtet sie, ihr Gedächtnis und die Erinnerungen an Nunzia zu verlieren. Von Zeit zu Zeit spricht sie laut von ihr und beschreibt sie: ihre rundlichen Wangen, ihr helles Haar, ihren schön geformten Mund und die Wärme ihres winzigen Körpers. Immer kommt dabei all ihre Liebe zum Ausdruck, die man an nur wenigen Tagen schenken und erfahren kann, und der tiefe Abgrund, in den man stürzt, wenn man sein Kind verliert.

»Ich war sicher, dass ihr euch wiedersehen würdet! Dieser Marco ist über beide Ohren verliebt. Der Kerl kann ohne dich nicht leben. Wie war es denn?«

»Es war schön«, gebe ich zu, während ich das abgetrocknete Geschirr einräume und spüre, dass ich rot werde. »Aber ich glaube, es war auch schlimm, weil es jetzt viel schwerer ist, alles zu vergessen.«

»Nein, es war nicht schlimm, *bella*! Eine schöne Liebesnacht darf man niemals bereuen. Eines Tages, glaub mir, wirst du bereuen, dass du keine mehr hast!«

»Ich muss die Sache beenden, Geraldina. Sonst werde ich noch wahnsinnig.«

»Du brauchst einen neuen Freund. Ich finde einen für dich.

Der Enkel meiner Freundin Silvia ist gar nicht so übel! Und er wäre eine verdammt gute Partie …«

»Das ist nett von dir, aber dies ist wirklich nicht der richtige Moment.«

»Wie wäre es mit einer Dating-Plattform? Ich sehe im Fernsehen immer Werbung dafür. Wenn ich mit dem Internet umgehen könnte, würde ich mich da anmelden. Und wenn es nur zum Zeitvertreib wäre.«

»Das hab ich nie probiert. Ich habe immer lieber dem Zufall überlassen, jemanden kennenzulernen … Aber ich muss sagen, dass ich nicht mehr so oft Gelegenheit habe, auszugehen, nicht genug Geld habe, um ein Single-Leben zu führen.«

»Dann los, mach es! So kannst du mir immer Neues erzählen. Ich bin schon ganz wild darauf.«

Sie ist so begeistert, dass auch ich nicht abgeneigt bin.

Ich brauche schließlich Stoff, um sie jede Woche in Schwung zu bringen und freudig zu stimmen.

Dienstag

Éléonores Wohnung
Via Camillo Sorgente, Salerno

Da die Zwillinge auf einem Geburtstag sind, habe ich Caterina zum Abendessen eingeladen, um nicht allein vor mich hin zu grübeln.

Im Gegensatz zu Laura bin ich keine sehr gute Köchin. Ich koche, weil man sich schließlich ernähren muss, aber ich bereite immer dieselben, ziemlich einfachen Speisen zu.

Durch das Leben in Italien habe ich gelernt, dass man Pasta mit allem und jedem machen kann – das passt mir gut, denn Nudeln zu kochen dauert nicht lange, ist einfach und alle sind zufrieden.

Heute Abend gibt es kalte Pasta als Salat. Ich habe *farfalle* gekocht und kalt werden lassen, dazu gegrilltes Gemüse vom Markt, Thunfisch und *alici*, die Sardellen der Region, auf die ich ganz wild bin, und natürlich Olivenöl.

Caterina kümmert sich um den Wein und Gebäck – denn für sie gibt es kein Essen unter Frauen ohne Alkohol und zum Schluss etwas Süßes.

Bald ist es acht Uhr, sie müsste gleich da sein.

Sie klingelt, als ich gerade im Netz Marco stalke (den ganzen Tag über hatte ich mich zurückgehalten, habe aber heute Abend alles nachgeholt). Nichts Neues, kein neues Posting, nicht mal ein romantisches Zitat, um mir zu zeigen, dass er an mich denkt. Seit wir uns gesehen haben, ist es, als sei er von der Bildfläche verschwunden.

Es wäre gut, wenn er für immer aus meinem Kopf verschwinden würde.

Caterina ist nervös, das merke ich an ihrer Art zu gestikulieren. Ihre Hände sind generell ständig in Bewegung, aber wenn ihr etwas Sorgen macht, sieht es aus, als hätte sie Krämpfe.

»Cat, sag mal, was los ist.«

»Es ist wegen dem Kleinen.«

»Dem Kleinen? Meinst du Tiziano, deinen Sohn, der fast zwanzig ist?«

»Natürlich, wen denn sonst?«

»Gut, und was liegt an?«

»Heute Nacht habe ich ihn in seinem Zimmer weinen hören. Laute Schluchzer. Mein Baby ... Es brach mir das Herz.«

»Hat er dir gesagt, was er hatte?«

»Nein, er rückte nicht mit der Sprache raus. Ich habe ihn beim Frühstück unter Druck gesetzt, aber da war nichts zu machen. Er behauptet, ich hätte geträumt. Er hätte geschlafen wie ein Murmeltier und es ginge ihm sehr gut. Er wurde sogar sauer auf mich! Als machte ich mir zu viele Sorgen um ihn. Aber ich frage dich: Was ist normaler als eine Mutter, die sich Sorgen um ihren Sohn macht? Sein Mund konnte lügen, so viel er wollte, seine verquollenen Augen sagten die Wahrheit. Jemand hat ihm wehgetan, eine Mutter spürt sowas, es ist bestimmt meine Schwiegertochter, diese dumme Göre! Sie betrügt ihn, da bin ich sicher. Das muss er wohl erfahren haben. Es muss ihm das Herz gebrochen haben. DIE FRAU BRING ICH UM.«

»Du bringst niemanden um, beruhige dich mal. Er ist ein großer Junge, es wird schon gut gehen.«

Mir fällt ein, dass Tiziano seit ein paar Tagen gar nicht mehr in den *stories* der Ferrara-Tochter aufgetaucht ist. Vielleicht hat meine Freundin richtig gesehen: Ihrem Sohn wurde vielleicht das Herz gebrochen, nur täuscht sie sich darin, wer die Schuldige ist. Ich setze meine Recherchen nachher ein bisschen fort.

Bis dahin versuche ich, sie zu beruhigen und mit ihr, um sie abzulenken, über Dating-Portale zu reden.

Schon ist der Kummer über ihr »großes Baby« vergessen.

Sie ist restlos begeistert von dem Plan und schlägt mir vor, sofort mein Profil zu erstellen.

Vorname, Alter, Interessen.

»Meinst du, ich kann erwähnen, dass ich Kärcher-Videos mag?«

»Ja, natürlich. Sag auch, dass du zum Zeitvertreib gerne Leute stalkst, wo wir schon mal dabei sind ... Damit sicherst du dir zehn weitere Jahre Single-Dasein.«

Dann kommt die schwierige Auswahl des Fotos. Wir durchsuchen die Bilder in meinem Telefon. Caterina will unbedingt, dass ich eins im Badeanzug nehme.

»Dann könnte ich mich ja auch gleich nackt zeigen. Ein bisschen Geheimnis muss bleiben, oder?«

»Na gut, sieh mal, dieses Porträt hier, darauf siehst du wirklich schön aus! Du schneidest es so an, dass man nur die untere Hälfte deines Gesichts und eine Schulter sieht – du hast schöne Schultern! Du hast recht, etwas Geheimnis muss sein, sie müssen deine Persönlichkeit zuerst lieben und dann dein hübsches Gesicht.«

»Dieses Foto hat Sascha gemacht. Beim letzten Geburtstag der Kinder.«

»Ach ja, Sascha ... schade, dass du ihn nicht mehr liebst, denn er ist wirklich der ideale Mann. Wenn ich mir die Laune verderben will, gucke ich mir die (misslungenen) Fotos an, die mein Mann von mir gemacht hat. Als hätte er es extra gemacht! Ich bin vielleicht nicht die Schönste, aber auf diesen Fotos mache ich sogar Shrek Konkurrenz.«

»Rede keinen Unsinn! Weiter. Beruf ... Ich kann doch nicht ›Putzfrau‹ schreiben.«

»Warum nicht?«

»Das bringt keinen zum Träumen ...«

»Meinst du, dass Buchhalterin jemand zum Träumen bringt? Nein. Aber es gibt welche, sie werden gebraucht. Auf dem Papier bist du Putzfrau, aber wir beide wissen, dass deine Aufgabe weit darüber hinausgeht. Du bist eine ganz besondere Frau, Éléonore. Schön wie die Sonne, lustig, sensibel und verdammt sexy. Glaub mir, du wirst so viele Bewerber haben, dass du eine Sekretärin engagieren musst.«

Offenbar steigt ihr der Wein zu Kopf, aber ihre Komplimente nehme ich gern an, sie sind Balsam für meine Seele.

Ein paar Klicks und schon ist mein Liebes-CV online. Jetzt habe ich Zugang zu Profilen von Männern in meiner Nähe.

In bester Alkoholstimmung sehen wir sie uns zwei Stunden lang an und formulieren schreckliche Kommentare über neunzig Prozent von ihnen.

Das kostet nichts und ist furchtbar gemein, wir haben beide sicher hundert Karma-Punkte verloren, aber wir amüsieren uns wie nie.

Wir lachen uns gerade über das Foto eines Mannes kaputt, dem nichts Besseres eingefallen ist, als sich mit seinem Frettchen zu zeigen. Da klingelt es an der Tür.

Ich stehe leicht schwankend auf, mein Glas in der Hand.

Ich mache auf und bin sofort völlig nüchtern.

Da steht Laura tränenüberströmt mit zerrissenem Kleid. Sie wirft sich mir in die Arme und fleht:

»Bitte, ich will nie wieder in diese Hölle zurückkehren. Bitte lass mich bei dir bleiben.«

Mittwoch

Signor und Signora Ferrara
Via Roma, Salerno

Ich habe kein Auge zugetan, denn ich habe heute Nacht versucht, Laura zu beruhigen.

Ihr Vater, dieses Miststück, wollte sie wegen ihres Outfits daran hindern, zu der Geburtstagsfeier mitzugehen, zu der sie auch eingeladen war.

Laura ließ sich das nicht gefallen; da zerriss ihr Vater ihr Kleid und demütigte sie vor der ganzen Familie, und keiner hat ihr geholfen. Dann hat er sie in ihrem Zimmer eingesperrt.

Sie ist durchs Fenster geflohen, wie sie es oft macht.

Caterina und ich haben versucht, sie zu überzeugen, ihn anzuzeigen, aber weil sie glaubt, das würde die Situation nur verschlimmern, hat sie sich erneut geweigert.

»In einem halben Jahr bin ich volljährig, dann gehe ich weg. Ich muss noch sechs Monate durchhalten.«

Sie war gerade eingeschlafen, den Kopf auf meinen Beinen, als Élise und Andrea nach Hause kamen.

Ich sah die Wut in den Augen meiner Kinder und habe ihnen versichert, dass wir Laura so lange wie möglich bei uns behalten. Laura habe ich einen Zweitschlüssel angeboten.

»Ich gebe dir dafür mein Taschengeld, Mama.«

»Ich auch.«

»Macht euch deswegen keine Gedanken, ich bitte euch nur, für eure Freundin da zu sein. Um den Rest kümmere ich mich.«

Als ich zu den Ferraras kam, fand ich den üblichen Zettel mit den Hinweisen der Signora vor und las sie oberflächlich durch.

Das erinnert mich daran, dass ich noch eine gute Ausrede finden muss, um die Einladung zum Mittagessen am Sonntag abzulehnen.

Den Kühlschrank reinigen: okay. Den Wäschetrockner leeren: okay. Mich um die Kalkspuren an den Badezimmergarnituren kümmern: okay.

Irgendetwas irritiert mich, aber ich weiß nicht gleich, was es ist. Ich muss mich konzentrieren und lese den Zettel mehrmals, um herauszufinden, was anders ist als sonst.

Beim dritten Lesen schnalle ich es: Der Zettel von heute Morgen ist freundlich.

Na ja, »freundlich« ist ein großes Wort! Sagen wir, er ist nicht unangenehm. Und das passiert zum ersten Mal.

Noch seltener ist, was ganz unten rechts steht: »*Grazie.*«

Danke. Sie bedankt sich bei mir?

Vielleicht ist sie gekidnappt worden und will mir zu verstehen geben, dass sie Hilfe braucht!

Ich hebe den Zettel auf, man kann nie wissen. Die anderen werfe ich immer sorgfältig weg, damit sie niemand aus der Familie findet, aber diesen hier stecke ich in die hintere Tasche meiner Jeans und überlege sogar, ob ich ihn einrahmen soll – das wäre dann mein persönlicher Pater Pius.

Mit meiner Rap-Playlist mache ich mich an die Arbeit.

Ich singe IAM und NTM, meine Hände sind beschäftigt, und ich hindere mein Gehirn daran, zu sehr zu grübeln. Das ist perfekt.

Putzfrau war nicht mein Traumberuf (ich wollte Lehrerin werden), aber er hat den Vorteil, vor allem in diesem Moment, dass ich ein paar Stunden meinen Liebeskummer vergessen kann.

Wenn ich bei anderen sauber mache, reinige ich auch ein bisschen in meinem Kopf.

Ich fange im Zimmer des jungen Mädchens an. Die weißen Möbel heben sich von der puderrosafarbenen Wand ab. Das Dekor ist wie das im ganzen Haus eher minimalistisch. Susanna ist es aber gelungen, ihr Universum mit ein paar Fotos persönlicher zu machen. Meistens Selfies mit Freundinnen, die am großen Schrankspiegel kleben. Auf dem Bett sitzt ein einäugiger Bär, die Spur einer längst vergangenen Kindheit.

Ein liegengebliebenes Blatt Papier auf dem Schreibtisch weckt meine Aufmerksamkeit. Der Name Tiziano steht darauf. Ich zögere eine Sekunde, sehe es genauer an, immerhin ist er der Sohn meiner Freundin und für mich so etwas wie ein Neffe.

Es ist ein Arztbericht, von einem MRT, wie es scheint.

Ich gerate in Panik und setze mich. Ich versuche, einen klaren Kopf zu behalten und den Text zu verstehen.

Es ist die Rede von einem Gebilde in der Nähe des Magens.

Ich suche auf Google und meine Panik steigt.

»Tumor« und »Krebs« lese ich auf dem Display.

Mir bricht kalter Schweiß aus, und mein Herz klopft heftig. Ich fürchte, dass ich in Ohnmacht falle. Ich lege mich auf den Boden, hebe die Beine an, lege sie auf einen Stuhl und atme tief, um mich zu beruhigen.

In meinem Kopf herrscht Durcheinander und ich weiß nicht, was ich tun soll.

Mir wird klar, dass diese Entdeckung Tizianos nächtliches Weinen erklärt, das seine Mutter so beunruhigt hatte.

Was soll ich tun? Caterina Bescheid sagen?

Bei dem Gedanken, ihr die schlimme Nachricht zu überbringen, stockt mir der Atem.

Nein, ich rufe lieber den Hauptbetroffenen an.

Am Boden liegend wähle ich seine Nummer.

Er nimmt sofort ab und ich lasse ihm keine Wahl.

»Ich bin bei den Ferraras. Kannst du bitte kommen? Es ist dringend.«

Zehn Minuten später steht er vor der Tür. Ich öffne gleich und nehme ihn dann fest in die Arme. Er scheint nicht überrascht zu sein und erwidert meine Umarmung. So bleiben wir einen Moment im Eingang der Wohnung stehen, in der weder er noch ich sein sollten.

Ich erzähle ihm von meiner Entdeckung und bitte ihn um eine Erklärung.

Da begegne ich dem jungen Mann wieder, den ich gut kenne, der mir bis vor kurzem noch seine Zweifel und seine Probleme anvertraute.

Er erzählt, dass Suzy eine Beule gespürt hat, als sie ihm den Bauch streichelte. Auch ihm war sie vor ein paar Wochen aufgefallen, er hatte aber nicht weiter darauf geachtet, überzeugt, dass sie von selber wieder weggehen würde.

Aber seine »neue« Freundin war hinterher, zwang ihn, zum

Arzt zu gehen, der ihm einen Ultraschall und ein MRT verordnete.

Nächste Woche hat er einen Termin bei einem Chirurgen, um das verdammte Ding herausnehmen und feststellen zu lassen, ob es gutartig ist oder nicht.

Jetzt bricht er in Tränen aus wie ein Kind. Er gesteht mir, dass er große Angst hat, darüber mit seiner Mutter zu sprechen.

»Du weißt ja, wie sie ist, sie kriegt einen Herzanfall. Sie hält das nicht aus, und ich will nicht, dass sie sich meinetwegen Sorgen macht.«

»Du musst es ihr aber sagen. Sie ist deine Mutter, Tizià, du kannst das nicht vor ihr verbergen.«

»Ich weiß.«

»Willst du, dass ich dabei bin?«

»Ja, bitte ...«

Auf der letzten Etage des Fondaco dei Tedeschi haben wir endlich Zugang zu dieser geheimnisvollen Terrasse.
Wir haben fünfzehn Minuten Zeit. Danach müssen wir anderen Platz machen.
Ich steige die Stufen hinauf, die mich zu einer der schönsten Aussichten Venedigs führen.
Als ich ganz oben bin, weiß ich, dass eine Viertelstunde nie ausreichen wird, um jedes Detail des wunderbaren Tableaus zu sehen, das mir zu Füßen liegt.
Man braucht dafür mindestens die Ewigkeit.

Mittwoch

Éléonores Wohnung
Via Camillo Sorgente, Salerno

Ich habe zwei Stunden bei Caterina verbracht. Als sie sah, wie ihr Sohn und ich mit ernsten Gesichtern bei ihr ankamen, wusste sie sofort, dass etwas im Argen lag.

Wir rechneten mit Schreien, Krämpfen, Tränen, aber wir haben uns getäuscht.

»Es ist nichts Schlimmes, das weiß ich. Ich habe dich zur Welt gebracht, also WEISS ICH ES. Hab keine Angst, mein Sohn. Mama ist da, und wir bringen das in Ordnung.«

Sie nahm die Dinge in die Hand, rief Kunden von sich an, die Ärzte waren, fragte nach ihrer Meinung, versuchte, den Termin beim Chirurgen vorzuverlegen.

Ich glaube, so gefasst habe ich sie noch nie gesehen. Das beunruhigte mich schon fast. Ich war darauf vorbereitet, mich um eine verängstigte *mamma* zu kümmern, nicht um eine Mutter, die herumkommandiert.

Immer wieder sagte sie, sie habe alles unter Kontrolle und wir müssten uns keine Sorgen machen. Ich weiß nicht, ob sie damit Tiziano oder sich selbst beruhigen wollte.

Sie dankte mir, ihren Sohn dazu gebracht zu haben, ihr die Wahrheit zu sagen. Wir mussten ihr bei dieser Gelegenheit auch sagen, wie ich hinter das Geheimnis gekommen war.

Worüber sie sich dann am meisten geärgert hat, war, dass ihr Sohn seine Freundin betrog.

Sie gab ihm eine schallende Ohrfeige, die in der kleinen Küche widerhallte.

»Du musst dich entscheiden, du Idiot! Und erzähl mir nicht, dass du in beide verknallt bist. Du machst gefälligst nicht beiden Mädchen Hoffnung, und tu ihnen ja nicht weh, sonst kriegst du es mit mir zu tun! Hast du verstanden? An deiner Stelle hätte ich mehr Angst vor deiner alten Mutter als vor der Kugel im Bauch.«

Ihre Reaktion hat mich gerührt. Ich glaube, die Ohrfeige galt auch Marco. Sie will die Eroberungen ihres Sohnes schützen, weil sie mich nicht schützen konnte.

Als ich sie am frühen Nachmittag bei ihrer Reinigung absetzte, die nach der Mittagspause wieder geöffnet wurde, musste sie mir schwören, mich anzurufen, wenn sie mich brauchte, egal zu welcher Zeit.

»Natürlich rufe ich dich an! Meine Eltern haben mir drei Brüder geschenkt, aber das Leben hat mir dich an meine Seite gestellt und mir die Schwester gegeben, von der ich immer geträumt hatte. Es hat sich gelohnt zu warten. Ich weiß, dass ich immer auf dich zählen kann, das brauchst du mir nicht extra zu sagen.«

Ich denke an diese Worte, als ich in meine Wohnung komme, in der Élise, Andrea und Laura gerade eine Serie anschauen.

Sie haben schon gegessen und mir einen Teller übriggelassen. Laura hat gekocht: Mit Genuss esse ich Risotto und mit Ricotta gefüllte Zucchiniblüten zum Nachtisch.

Sie hat ihr Lächeln wiedergefunden und trägt ein Rüschenkleid, das ihr meine Tochter geliehen hat. Wenn sie sie selbst sein kann, strahlt sie.

Caterina hat recht, man hat Blutsverwandte, kann aber auch eine Familie nach seinem Herzen bilden. Laura und sie haben meine vergrößert.

Als ich mit Essen fertig bin, lehne ich die Einladung der Kinder, sie am Nachmittag zum Strand zu begleiten, ab. Ich habe zu bügeln und würde auch gern ein bisschen schlafen. Ich bin erschöpft, die letzten Tage waren für mich zu anstrengend.

Als ich allein bin, lege ich mich aufs Sofa und beschließe, einen Blick auf die gestern heruntergeladene Dating-App zu werfen. (Den Stapel Wäsche lasse ich warten.)

Ich habe Dutzende Nachrichten – das schmeichelt meinem Ego – und ich merke zu meiner Enttäuschung, wie sehr sie einander ähneln.

Hallo, du siehst süß aus! Sollen wir chatten?
Grüß dich, wonach suchst du hier?
Hast du Snapchat?

Ich treffe eine erste Auswahl.

Manche sind ein bisschen origineller, aber die Profilbilder machen mir nicht so richtig Lust. Manchmal wegen der Größe. Ja, die Größe spielt für mich eine Rolle.

Das ist mein großes Problem, ich bin mir dessen bewusst, aber es ist nun mal so: Es gibt Fußfetischisten, aber ich bin Fetischistin großer Männer.

Dabei gehen mir sicher ganz tolle Männer durch die Lappen, aber unter einem Meter achtzig reizt mich keiner.

Sorry, Tom Cruise! Du kannst einpacken mit deinen Zähnen und deinem verführerischen Blick.

Am Ende haben nur zwei Antworten meine Auswahl überlebt.

Ich klicke den Ersten an. Er kommt aus Antonio. Sechsundvierzig Jahre, geschieden, Buchhalter.

Ich muss lächeln, als ich an Caterinas Bemerkung über Berufe denke, die kein Anlass zum Träumen sind. Wenigstens wären wir damit zu zweit.

Seine Nachricht ist humorvoll und nett. Er schreibt, er sei nach Frankreich gereist und fände die Franzosen ein bisschen brummig. Er sei aber sicher, dass ich eine Ausnahme bilde.

Ich antworte ihm, dass er nicht unrecht hat, dass wir ziemlich viel mosern, aber nicht beißen.

Er ist nicht online und ich bin furchtbar müde.

Ich will mich gerade ausloggen, klicke aber aus Neugier noch auf die zweite Nachricht.

Ein Schwarz-Weiß-Foto, man sieht den Mann von hinten.

Giovanni, einundvierzig, Single, ohne Kinder.

Er ist einen Meter vierundneunzig groß.

Er ist online.

Meine Müdigkeit ist verflogen.

Donnerstag

Signora Marino
Via dei Mercanti, Salerno

Ich habe schon die Hälfte der Bücher abgestaubt, als mir ein Detail meines letzten Gesprächs mit Linda, der seltsamen Frau, in den Sinn kommt.

Als ich ihr sagte: »Bis nächste Woche«, antwortete sie: »Ja oder früher. Wer weiß?«

Man muss feststellen, dass sie sich diesmal geirrt hat, denn seither habe ich sie nicht mehr gesehen.

Sie hat gerade eine Patientin bei sich und ich stehe oben auf meiner Leiter wie eine kleine Wolke.

Gestern habe ich stundenlang mit Giovanni telefoniert.

Im Moment verbiete ich mir, mich zu sehr zu engagieren, auch wenn ich zugeben muss, dass es sehr angenehm ist, mit einem Mann zu reden, der etwas zu sagen hat und Humor besitzt.

Er ist recht geheimnisvoll und ich weiß über ihn kaum mehr, als er in seinem Profil erwähnt. Wir sprachen erst über das Leben im Allgemeinen, doch er interessierte sich vor allem für mich.

Ich habe ihm nichts verschwiegen, weder meine Kinder noch meinen Beruf. Mit fast vierzig habe ich keine Zeit mehr, mir und anderen etwas vorzumachen.

Er hat mich gefragt, ob es nicht zu schwierig sei, allein

Zwillinge großzuziehen. Ich habe ihm erklärt, dass ich nicht allein bin, dass auch ihr Vater seinen Anteil an der Erziehung hat und es gut macht.

Da hat er, oh Wunder, nicht gesagt: »Du hast Glück!«, wie die meisten Leute. Giovanni hat gesagt, was ich hören wollte.

Sehr gut. So sollte es immer sein.
Es ist wichtig, dass ihr trotz der Trennung aufeinander zählen könnt.

Er hat mir dann doch ein wenig von seiner Arbeit erzählt. Er ist Chef eines Unternehmens, das überall in Italien *mozzarella di buffala* aus Kampanien verkauft, aber auch immer mehr im Ausland.

Er sagte, er habe diesen Handel vor fünfzehn Jahren mit einem Freund aufgezogen. In der ersten Zeit hätten sie alles zu zweit gemacht; er habe die Kunden mit einem Kühlwagen beliefert, in den sie ihre gesamten Ersparnisse gesteckt hätten.

Heute hat er zwanzig Mitarbeiter und die Firma wird immer größer. Ein schöner Erfolg.

Aber ich vergesse nie, wo ich herkomme.
Das hilft mir, einen kühlen Kopf zu bewahren. Das und meine Mutter, die immer die Dinge im Auge behält.

Ach ja, die *mamma* ...

»Guten Tag, Éléonore!«

Linda kommt aus ihrem Büro und begleitet ihre Patientin zur Tür, bevor sie zu mir kommt.

»Guten Tag, Linda, wie geht es Ihnen?«

»Es geht mir gut, ich bin voller Licht.«

Sie hat Glück, ich bin voller Wasser. Bei dieser Hitze sehen meine Beine am Ende des Tages aus wie Ballons, das ist furchtbar. Abends würde ich gern auf Händen gehen können, um mir Erleichterung zu verschaffen.

»Ihre Kinder sind großartig, Éléonore.«

»Meine Kinder?«

»Ja. Ich habe Sie letztem Samstag am Strand gesehen. Was für eine nette Familie! Ich wollte Sie nicht stören. Ihre Tochter sieht genauso aus wie Sie, eine echte Schönheit, wie ihre Mutter.«

Ich spüre, wie ich rot werde, und senke den Blick.

»Danke.«

»Sie machen es sehr gut mit ihnen. Sie entwickeln sich auf einer stabilen Grundlage, Sie können stolz auf sich sein. Es war sicher nicht einfach, einen anderen Weg zu gehen als Ihre Eltern, aber Sie haben es geschafft. Und Ihre Kinder lieben Sie, weil Sie eine so starke Frau sind.«

Okay, gleich fange ich an zu flennen.

»Da war noch eine Dritte dabei, aber Sie sind nicht die Mutter, oder?«

»Laura? Nein, sie ist eine Freundin der Kinder.«

»Gut, dass Sie für sie da sind. Unser Weg ist gesäumt von Begegnungen und viele davon bestimmen unser Leben für immer. Für Laura sind Sie eine solche Begegnung.«

Wie üblich geht sie nach Beendigung ihres Monologs ihrer Beschäftigung nach.

Ich weiß nicht, ob Linda bewusst ist, wie sehr ihre Worte

einen aufrütteln können, spüre aber, dass ich mich fast an ihre Erklärungen, die einem unheimlich erscheinen könnten, gewöhnt habe. Ich habe ein seltsames Vertrauen zu ihr. Sie scheint wirklich voller Licht zu sein und strahlt es aus. Sie erhellt meinen Tag.

Als schon die nächste Patientin kommt, widme ich mich wieder dem Staubwischen, aber mit einem neuen, beruhigenden Gefühl, wie ich es sehr lange nicht mehr empfunden habe.

Donnerstag

Reinigung von Caterina
Via Generale Armando Diaz, Salerno

Würde ich Caterina nicht so gut kennen, könnte ich, wenn ich sie so freundlich und adrett hinter ihrer Theke sehe, glauben, es sei alles in Ordnung.

Aber wahre Freundschaft besteht darin, dass es einem gelingt, das Detail zu entdecken, das andere nicht sehen.

Caterina sieht großartig aus mit ihrem auf Volumen geföhnten Haar, lächelnd bewegt sie sich zwischen der Kasse, dem Bügelbrett und den Maschinen hin und her, sechs Tage in der Woche.

Aber sobald sich die Gelegenheit ergibt, spielt sie mit dem Ehering an ihrer rechten Hand. Es ist der Ring ihrer Großmutter, das einzige Schmuckstück, das sie nie ablegt.

Ihren eigenen Ehering trägt sie manchmal nicht; doch den der verstorbenen *nonna* würde sie um nichts auf der Welt ablegen. Wenn sie anfängt, ihn mit dem Daumen an ihrem Ringfinger herumzudrehen, ist das ein Zeichen dafür, dass sie daraus Kraft ziehen muss, weil sie nicht mehr genug hat.

Ich gehe auf die andere Seite der Theke und helfe ihr mit den Hemden, dann warte ich, bis der Laden leer wird, um sie zu fragen, wie es ihr geht.

Ich weiß, sie wird lügen – nicht, weil sie mir nicht traut, sondern weil sie nicht zugeben will, dass sie Angst hat.

Wenn ihre Angst die Oberhand gewinnt, hat sie schon verloren. Und wenn eine Mutter ein krankes Kind hat, darf sie nicht verlieren, darf nicht zusammenbrechen, sie muss stark sein und für zwei kämpfen.

Sie schiebt meine Frage mit einer Handbewegung beiseite und ich bohre nicht weiter nach.

Caterina ist es lieber, dass ich sie auf andere Gedanken bringe und ihr detailgetreu über mein »Online-Shopping« berichte.

Ich erzähle ihr von dem Mann, mit dem ich gestern virtuell den Abend verbracht habe.

»Wärst du zu einer neuen Beziehung bereit?«

»Ich weiß es nicht. Ich sage mir, es würde mir vielleicht helfen, neu anzufangen.«

»Stalkst du Marco immer noch?«

»Na ja, ehrlich gesagt, schon, aber weniger. Heute fast gar nicht.«

»Aber jetzt ist erst früher Nachmittag und du hast den ganzen Vormittag gearbeitet.«

»Nicht ganz falsch.«

»Du müsstest ihn blockieren, keinen Zugang mehr zu ihm haben und er auch nicht zu dir. Die Brücken abbrechen. Solange du das nicht tust, kommst du nicht weiter.«

Sie hat ja recht. Da Marco auf mich wirkt wie eine Droge, muss ich mich völlig abnabeln. Keine halben Sachen. Sonst komme ich damit nie klar.

Selbst wenn ich ihm nicht schreibe, nicht nachgebe, wenn ich durchhalte, muss ich zugeben, dass ich immer noch warte. Auf eine Nachricht, einen Anruf von ihm. Und wenn er sich dann endlich meldet wie beim letzten Mal, bin ich zur Stelle. Ich habe die Kraft, nicht zu ihm zurückzukehren, aber nicht die, ihn abzuweisen.

Ich verspreche Cat, ihrem Rat zu folgen und ihn bald zu blockieren. Aber sie kennt mich gut und weiß, wann ich lüge.

Caterina ist beharrlich, sie befiehlt es mir:

»Nein, du machst es jetzt, in meiner Gegenwart! Es gibt keinerlei Grund, noch zu warten.«

Da sie mich dazu drängt, habe ich keine andere Wahl. Ich fange bei Facebook an, danach Instagram.

Es kostet mich viel. Um Himmels willen, wie schwer mir das fällt!

»So, ich hab's gemacht.«

»Nein, gar nicht! Snapchat, los! Hältst du mich für blöd?«

»Ach ja, Snapchat, hatte ich ganz vergessen.«

»Éléonore, du kriegst gleich eine!«

»Immer gleich diese Drohungen! Wie kann in einer so kleinen Frau so viel Gewalt stecken? Wirklich, Caterina, geht es nicht weniger heftig?«

»Nein, weil du stur bist wie ein Esel. Und jetzt fang bloß nicht an, mich zu täuschen. Zeig her: Okay, gut. Jetzt noch deine Fake-Accounts.«

»Nein, bitte nicht die Fake-Accounts! Hab Erbarmen!«

Sie macht eine drohende Handbewegung, ich nehme mein Telefon und vor ihren Augen, denen nichts entgeht, setze ich das Werk fort.

»Perfekt. Und jetzt den letzten Rest. Du blockierst seine Nummer.«

»Und wenn er mich erreichen will?«

»Wozu?«

»Ich weiß nicht, wenn er mich braucht? Wenn es ihm nicht gut geht? Ich stelle mir ...«

»Und wie machst du es? Du brauchst ihn und es geht dir schlecht, trotzdem rufst du ihn nicht an. Weil du weißt, dass er keine Lösung ist. Éléonore, er ist NICHT die Lösung, er ist der GRUND. Mach schon und *basta.* Blockier ihn, dann kommst du weiter, sonst nicht.«

Also blockiere ich ihn.

In diesem Moment, mehr aus Angst vor Caterina als aus eigenem Willen. Aber ich blockiere ihn.

Ich komme weiter.

Langsam, aber ich komme weiter.

Freitag

Signor und Signora Landi
Via dei Principati, Salerno

Ich versuche, mich nicht zu sehr zu ärgern, als ich die Unordnung sehe, die wieder in der Maisonettewohnung herrscht, denn diesmal ist es ein gutes Zeichen: Das Chaos bedeutet, dass Claudia die Woche am Strand verbracht und nicht auf ihrem Sofa Trübsal geblasen hat.

Heute Morgen ist mir leicht ums Herz. Dabei ist die Sache noch nicht erledigt.

Gestern Abend hatte ich einen Rückfall. Ich habe Marco entblockt und mich wie immer auf allen Kanälen umgesehen.

Ich habe nichts Interessantes gefunden – Caterina werde ich es nie verraten, denn sie würde mich umbringen. Aber mir ist bewusst geworden, dass ich das Ritual schon sehr lange verfolge und gar nicht mehr gewusst habe, wodurch ich es ersetzen könnte. Deshalb konnte ich nicht aufhören: Angesichts der drohenden Leere war ich hilflos.

Seit Beginn unserer Beziehung waren soziale Netzwerke und flüchtige Nachrichten unsere einzige Form zu kommunizieren, unsere einzige Verbindung. Gelegenheit, uns zu sehen und Zeit miteinander zu verbringen, hatten wir nur selten und so war die Welt unserer Liebe auf ein Smartphone beschränkt. Ein Jahr lang sah ich mir seine *stories* an, es war wie ein schneller Gruß. Ich schickte ihm auch *selfies* oder ein Foto in Unterwäsche als eine Art Vorspiel.

Zuerst war diese Lage aufregend – und eben darin bestand die Falle, in die ich tappte: zu glauben, ich könnte mich mit gefilterten Lebensmomenten zufriedengeben, mit flüchtigen Begegnungen in einem Auto anstatt ganzer Liebesnächte, wie wir sie uns immer wieder versprachen.

Ohne es zu wollen, hat mich Giovanni dazu gebracht, so darüber nachzudenken.

Ich lag schon im Bett, und wir redeten seit ein paar Minuten auf dem Chat der Dating-App. Er fragte mich, ob ich mich für etwas begeistere.

Ich wusste nicht, was ich antworten sollte.

Begeisterung? Begeisterung? ... Wofür? Vielleicht Töpfern, Fußball, Kärcher-Videos?

Mir wurde zum ersten Mal deutlich bewusst: Nein, es gibt nichts, worauf Begeisterung passt. Jedenfalls nicht spontan. Oder nicht mehr, und das seit langem. Mir schien, dass ich alle meine Lieblingsbeschäftigungen aufgegeben hatte.

Ich widme meine ganze Zeit anderen Menschen – meinen Kindern, Laura, meinen Kunden, Caterina – und der Routine des Alltagslebens. Für mich tue ich nichts. Weil ich zu wenig Geld habe, aber das ist nicht der einzige Grund.

Ich glaube, ich habe mich einfach vergessen, unterwegs verloren.

Anhand dieser einfachen Frage habe ich begriffen, dass ich es immer schaffe, mich um andere zu kümmern, dass ich es gern tue und gewiss auch ein wenig aus Notwendigkeit, aber auch deshalb, weil ich im Grunde so veranlagt bin.

In meiner Kindheit habe ich mich so allein gefühlt, dass ich immer wieder Angst vor Leere habe und diese um jeden Preis ausfüllen muss. So sehr, dass es mir nicht guttut und ich mich mit instabilen Beziehungen begnüge.

Deshalb habe ich mir heimlich versprochen, nach einem Hobby zu suchen. Etwas, das mich vielleicht nicht begeistert, aber allein für mich bestimmt ist. Ich will mir mehr Zeit gönnen.

Mich selbst finden, bevor ich jemanden anderen suche.

Ich habe auf Giovannis Frage nicht geantwortet und ihm angekündigt, dass ich unseren Kontakt blockiere. Das habe ich dann auch gleich getan, ohne auf eine Reaktion von ihm zu warten, durch die es hätte anders kommen können.

Wo ich schon dabei war, habe ich auch Marco und seine Accounts wieder blockiert, auch die wenigen, sorgfältig aufbewahrten Fotos von ihm gelöscht, die Screenshots von unseren Gesprächen, die ich durch das häufige Lesen auswendig kann.

Ich fühlte mich von einer riesigen Last befreit.

Ich dachte, ich hätte mich schon lange von ihm getrennt, aber erst gestern habe ich unsere Geschichte richtig beendet.

Es war höchste Zeit.

Freitag

Signor D'Amato
Corso Vittorio Emanuele, Salerno

Die Leichtigkeit von heute Morgen ist verflogen.

Es ist schade, dass das Leben immer wieder die Aufgabe übernimmt, mir den Kopf zurechtzurücken. Kann es mich nicht mal in Ruhe lassen?

Ich reinige den Fußboden bei Signor D'Amato und schlucke meine Tränen hinunter.

Sie haben mir das Gas abgestellt. Ich erfuhr es von den Kindern, als ich zum Mittagessen nach Hause kam. Sie dachten, es gäbe ein Problem mit dem alten Gasherd, aber ich wusste sofort Bescheid.

»Das ist gar nicht so schlimm, ich habe Sandwichs gemacht«, sagte Laura und reichte mir meins.

Aber ich hatte den Appetit verloren. Ich konnte nichts essen, weil ich mir so dumm vorkam und mich schämte.

Es ist die einzige Rechnung, die ich bar bezahle. Ich hätte längst auf Einzugsverfahren umstellen müssen, aber auch das habe ich vergessen ... Wegen meiner Abscheu gegen Verwaltungsdinge und meiner Angst vor dem Stapel Post, der immer größer wird, habe ich es verschwitzt. Ich nehme an, das Einschreiben war die letzte Mahnung, bevor sie das Gas abgestellt haben.

Ich bin wütend auf mich selbst.

Ich hatte doch Geld genug!

Ich sehe immer zu, dass es reicht, um die laufenden Kosten zu decken. Mit dem, was übrig ist, bewältige ich den Alltag.

Ich muss jetzt also den verdammten Rückstand zahlen, aber auch die Kosten für die Mahnung und die Wiederherstellung des Anschlusses.

Hinzu kommt, dass ich vor Montag niemand erreichen kann! Dies heißt: Das ganze Wochenende über nur kalt duschen und kein warmes Essen.

Glücklicherweise haben wir immer noch eine Affenhitze, und die Zwillinge verbringen das Wochenende bei Sascha.

Ich habe den Kindern alles gesagt und ihnen erklärt, dass ich es dummerweise vergessen hatte. Sie mussten mir versprechen, ihrem Vater kein Wort zu sagen. Ich habe schon genug auf die Reihe zu kriegen und will nicht auch noch meinen Ex-Mann beruhigen müssen.

Die Krönung des Ganzen ist, dass Élise sich wegen etwas Sorgen zu machen schien, und kurz bevor ich wieder zur Arbeit ging, erzählte sie mir, dass Lauras Vater wieder bei uns erschienen ist.

Sie haben ihm nicht die Tür geöffnet und so getan, als sei niemand zu Hause, aber der Gedanke, sie könnten mit ihm zusammentreffen, beunruhigt mich. Ich glaube nicht, dass er in der Lage wäre, den Zwillingen etwas anzutun, doch mache ich mir Sorgen um Laura. Vor allem fürchte ich mich davor, wie Élise und Andrea reagieren würden.

Ich habe meine Kinder vor Gewalt geschützt und glaube, das ist mir gelungen: Sie sehen keinen Sinn darin und wollen nichts davon wissen.

Sie haben nie einen Schlag auf den Hintern, einen Klaps oder eine Ohrfeige bekommen. Niemals. Denn für mich fängt alles damit an.

Also wirklich! Ein Tier, einen alten Menschen oder eine Frau zu schlagen, ist heutzutage wirklich undenkbar – zum Glück! Aber dass ein Vater oder eine Mutter ihr Kind ohrfeigt, gilt noch als normal? Wieso?!

Zu meiner und zu Saschas Zeit war das noch ganz üblich – unsere Eltern gehörten zu einer anderen Generation. Wir waren uns von Anfang an einig, dass wir unsere Tochter und unseren Sohn anders erziehen wollten.

Ich erinnere mich an die prächtige Haue, die mir mein Vater verpasste, weil ich in der Pause einem Jungen einen Fußtritt gegeben hatte. Ich hatte zugeschlagen, deshalb wurde auch ich geschlagen. Wo war da die Logik? Es war nicht okay!

Es war für mich auch keine Lehre und ich habe mich weiterhin gegen den kleinen Jungen, der mich ständig ärgerte, verteidigt. Ich habe nur noch darauf geachtet, dass mich dabei keiner sah.

Meine Mutter verpasste mir jede Menge Ohrfeigen, wenn ich aus Versehen etwas umstieß, und schrie mich an, wenn ich eine ihrer Anweisungen nicht sofort verstand.

Ich war zwar kein geprügeltes Kind – keine blauen Flecken, kein gebrochener Arm … Aber wo beginnt Gewalt? Bei der ersten Ohrfeige oder dem ersten kleinen Klaps?

Für meine Eltern bedeutete Respekt, dass ich sie fürchte. Ich habe sie nie respektiert, aber immer Angst vor ihnen gehabt und ihnen nie Vertrauen geschenkt.

Es stand für mich außer Frage, dieses Muster bei meinen Kindern zu wiederholen.

Ich bin keine perfekte Mutter und habe viele Fehler gemacht – und das wird mir weiterhin passieren –, aber ich habe nie meine Wut an ihnen ausgelassen. Bei Zwillingen hat man die doppelte Arbeit und es wäre gelogen zu behaupten, dass ich mich nie zusammennehmen musste, um nicht auszurasten. Aber ich habe nie aus den Augen verloren, dass ich erwachsen und damit ein Vorbild war. Dass es meine Aufgabe war, mich zu beruhigen, meine Emotionen zu beherrschen, die Dinge zu verstehen und mit ihnen darüber zu sprechen.

In dieser Frage habe ich mich schon öfter mit Caterina ausgetauscht, die nicht dieselbe Meinung hat wie ich.

»Ich habe so einige Schläge gekriegt und bin nicht daran gestorben!«

Eine typische und leider sehr verbreitete Antwort.

Ich würde gern jedes Mal antworten, dass diejenigen, die daran gestorben sind, leider nicht mehr leben, um Zeugnis abzulegen. Im Grunde glaube ich, dass man mit dieser Denkweise nur sich selbst versichern und die, welche uns erzogen haben, schonen will.

Ehrlich gesagt, würde ich gern Lauras Vater eins in die Fresse hauen!

Meine Arbeitswoche geht zu Ende.

Ich sehe mir prüfend den Küchenboden an – ich glaube, Signor D'Amato kann jetzt vom Fußboden essen.

Ich schließe die Fenster und mache mich zum Gehen fertig.

Von der Konsole in der Diele nehme ich den Umschlag mit meinem Lohn. Auf der Rückseite klebt ein Post-it.

»Vergessen Sie Ihr Portemonnaie nicht, Éléonore, ich bin in dieser Woche nicht in der Stadt, ich kann Sie also, wenn Sie es abholen, nicht wieder auf ein Glas einladen. Diese Gelegenheit zu verpassen, bedauere ich. Können Sie es bitte lieber in der nächsten Woche vergessen?«

Oh verdammt.

Ich fange schon wieder an, blöd zu grinsen.

Ich beobachte, wie er an der Theke Eis bestellt.
Er ist elegant wie ein Venezianer.
Vor seinem Lächeln schmelze ich schneller dahin als mein Zitronen-Erdbeer-Eis in der Sonne.
Hier, sagt er und küsst mich: »Un gelato al giorno toglie il medico di torno!«
»Ein Eis pro Tag hält den Arzt fern?... Heißt es nicht eigentlich ›ein Apfel am Tag‹?«
»Sprichwörter sind wie das Leben, meine Liebe. Es gibt das, was man dir beibringt, und das, was du damit anfängst.«
Eins ist sicher, es war richtig von mir, diesen Mann zu heiraten.

Samstag

Wohnung von Éléonore
Via Camillo Sorgente, Salerno

Liebe Éléonore, wir erwarten dich morgen um 13 Uhr zum Mittagessen. Ihr seid zu dritt, nicht wahr?
Küsse

Oh Scheiße! Das Mittagessen bei den Ferraras! Ich habe völlig vergessen, es abzusagen.

Küsse?! Sie hat offenbar unter Aufsicht ihres Mannes geschrieben, anders kann ich mir das nicht erklären.

In aller Eile denke ich nach.

Ich spreche mit Laura darüber, die gerade ihre Tasche für einen Ausflug mit den Zwillingen packt. Heute besichtigen sie das Castello di Arechi. Das Programm hat sich bestimmt Andrea ausgedacht. Das Schloss fasziniert ihn, besonders seine mittelalterliche Architektur und seine Lage, von der aus man einen Blick über den Golf bis zur Amalfiküste hat. Er könnte Stunden dort verbringen. Ich erfahre, dass Sascha, seine Frau und ihre Tochter auch mitkommen.

»Warum gehst du nicht zu diesem Essen? Das könnte doch lustig werden!«

»Lustig? Laura, Karussellfahren ist lustig. Ein Witz deiner besten Freundin ist lustig. Ein Foto von Élise zu machen, während sie mit offenen Augen schläft und ihr die Spucke rausläuft, ist lustig. Aber mit den Ferraras Mittag essen ist GANZ UND GAR NICHT lustig, meine Liebe.«

»Ich muss zugeben, Élise sieht wirklich beängstigend aus, wenn sie schläft ... Sag doch einfach, dass du Durchfall hast! Leute haben Angst vor Durchfall; den soll keiner bei ihnen einschleppen.«

Dieses Mädchen erstaunt mich. Ich merke mir ihren Rat irgendwo im Hinterkopf, wobei ich weiß, dass ich ihm nur folge, wenn es gar nicht anders geht.

»Ich habe für heute Mittag einen Salat und ein Sandwich gemacht, als du einkaufen warst. Alles ganz frisch.«

»Laura, das ist sehr lieb von dir, aber du musst wirklich nicht dauernd für die ganze Familie Essen machen. Eigentlich ist das meine Aufgabe.«

»Éléonore, du weißt doch, dass ich das furchtbar gern tue. Ich habe den Eindruck, dass für andere zu kochen eine Liebeserklärung ist.«

Ich nehme sie fest in den Arm und sage ihr ins Ohr:

»Du wirst das seltsam finden, aber darf ich dich beißen?«

Sie hält mir den Arm hin und verzieht ihren Mund zu einem freundlichen Grinsen. Sie hat oft gesehen, dass ich das bei meinen Kindern mache, und meine Frage hat sie nicht überrascht. Ich knabbere an ihrem Unterarm und lächele ihr zufrieden zu.

»Auch Beißen ist eine Liebeserklärung, ganz sicher.«

»Ich weiß, aber zum Glück drücken es nicht alle so aus wie du.«

Sie verlässt die Wohnung, eine Korbtasche über der Schulter, und ich bleibe allein.

Nicht in Panik verfallen, bloß nicht.

Ich hatte mir gesagt, Einsamkeit sei kein Problem. Dass ich lernen muss, mich wieder ins Gleichgewicht zu bringen.

Plötzlich habe ich den Eindruck, dass mich jemand von der Dielenkommode aus ansieht.

Es ist der Poststapel. Es ist Zeit, mich mit ihm zu beschäftigen.

Bei anderen Leuten zu putzen, ist gut. Wieder Ordnung in mein Leben zu bringen, ist besser.

Sonntag

Signor und Signora Ferrara
Via Roma, Salerno

Papst Pius mustert mich, während ich an der Tür läute. Sie haben sein Porträt gleich über die Klingel gehängt. Bei den Zeiten, die gerade herrschen, wäre Händedesinfektionsgel bestimmt sinnvoller, aber so ist es nun mal.

Er urteilt sicher über mich, weil ich nicht in der Messe war.

»Nicht übertreiben, Heiliger Vater!«

Mir ist keine Ausrede eingefallen, um die Einladung abzulehnen, und ich wollte nicht auf die von Laura zurückgreifen. Also stehe ich hier mit einem Blumenstrauß in der Hand und einem falschen Lächeln, bereit, das Mittagessen über mich ergehen zu lassen.

Immerhin gibt es warmes Essen, das ist ja auch schon was.

»Éléonore, was für eine Freude, dich zu sehen!«

Die Dame des Hauses nimmt mich in den Arm und gleich danach ihr Mann. Diese Herzlichkeit ist mir unangenehm. Signora Ferrara nimmt den Strauß, riecht daran, bedankt sich in übertriebener Weise und eilt in die Küche, um eine Vase zu holen. Ihr Mann führt mich ins Wohnzimmer, wo an einem niedrigen Tisch der Aperitif serviert wird: ein paar Häppchen, Chips. Prosecco.

Der hässliche Hund liegt in seinem thronförmigen Korb und starrt mich böse an.

Der Vater ruft die Kinder, damit sie mir guten Tag sagen.

»Ihre Kinder sind also beim Vater?«

»Ja, es ist sein Wochenende.«

»Ja, das ist das eigentliche Drama bei Scheidungen ... Die armen jungen Leute!«

Ich nehme das Glas, das er mir reicht, und trinke es in einem Zug leer. Besser das, als ihm eins in die Fresse zu hauen. Als Mutter bin ich zwar nicht gewalttätig, als Frau aber durchaus.

Ich vermeide zu erwähnen, dass Sascha und ich nie verheiratet waren, sonst würde ihm noch sein Toast im Hals stecken bleiben.

Die Kinder kommen und stellen sich vor. Beide sind sauber und ordentlich. Wie aus dem Bilderbuch.

Susanna sieht wie eine Streberin aus, und ich erkenne sie kaum wieder. Sie lächelt mir schüchtern zu und ich zwinkere ihr zu, damit sie weiß, dass ich sie nicht verrate. Keine Sorge, Suzy, ich sage nichts, du kannst auf mich zählen.

Niemand hilft in der Küche. So kann die Signora nicht am Gespräch teilnehmen – das langweiligste, das ich je im Leben ertragen musste.

»Können wir uns duzen? Stört dich das nicht, Éléonore?«

»Natürlich nicht, sagen wir du.«

Dann geht sein Monolog weiter. Der ist lang und endlos ... Ich glaube, er redet von seiner Arbeit, aber ich höre gar nicht zu.

Während er seine Geschichten zum Besten gibt, fällt mir ein, dass ich seinen Vornamen kenne, aber nicht den seiner Frau. Das ist schon blöd; immerhin bin ich angeblich ihre Freundin.

Für mich sind das die Ferraras, Kunden und nichts weiter. Und ich hatte nie das Bedürfnis, näher zu wissen, wer sie sind.

Der Kerl sagt dauernd nur »Schatz«, das hilft mir nicht weiter. Soll ich ihr auch irgendeinen Kosenamen geben? Unter Freundinnen macht man das schließlich, »Stock im Hintern« könnte zu ihr passen.

Dann wird das Essen serviert. »Stock im Hintern« hat auf die großen Teller kleinere gestellt und ich muss zugeben, dass es im ganzen Haus wunderbar riecht. In Italien ist das Sonntagsessen eine ernste Angelegenheit. Das passt mir gut, denn ich habe einen Bärenhunger. Mein Appetit ist zurückgekehrt, und zwar in voller Stärke.

Zuerst serviert die Dame des Hauses gratinierte Cannelloni. Wenn alles andere auch so schmeckt, ist das ein Drei-Sterne-Essen.

Francesco hat aufgehört, über sein Leben zu reden, also macht er sich über meins her. Er lässt mich kaum Luft holen und stellte eine Frage nach der anderen. Ich antworte darauf kurz zwischen zwei Bissen. Einerseits eine Köstlichkeit, andererseits eine Qual – ich habe ernsthaft Lust, ihn zu bitten, endlich die Klappe zu halten. In aller Freundschaft natürlich, mein lieber Francesco.

Aber keiner wagt es, ihm das Wort abzuschneiden, niemals. Die Kinder sitzen schweigend da und seine Frau stimmt ihm zu, indem sie bei jeder seiner fragwürdigen Aussagen mit einem dummen Lächeln nickt.

Als wir die Cannelloni aufgegessen haben, stehe ich auf, um »Stock im Hintern« beim Abräumen der Teller zu helfen.

»Nein, ist schon gut, Éléonore, das macht sie schon«, mischt sich der Chefidiot ein. »Der Haushalt ist ihre Domäne, sie hat großes Talent dafür, nicht wahr, mein Schatz?«

Da kann ich mich kaum noch beherrschen.

»Was bedeutet ›ihre Domäne‹?«

»Das heißt, dass meine Frau sich um den Haushalt kümmert. Ich kann solche Sachen nicht.«

»Du kannst nicht mal einen Teller in die Küche bringen?«

Susanna fängt an zu grinsen, gänzlich unerwartet kommt sie mir zu Hilfe.

»Natürlich kann er das, aber er denkt, das sei nichts für Männer, stimmt's Papa?«

»Stock im Hintern« ist noch angespannter als sonst. Es kommt mir vor, als kniffe die Arme ihre zwei Arschbacken fest zusammen. Ich sehe, wie sie mit einem Stapel Teller in den Händen den Atem anhält. Die Ader an ihrer Schläfe ist wieder angeschwollen, deshalb versuche ich, die Lage zu entschärfen.

»Francesco, ich kann mir gar nicht vorstellen, dass Männer heutzutage noch so denken!«

»Susanna, habe ich dir erlaubt zu reden? Seit wann mischst du dich in die Gespräche Erwachsener ein?«

»Entschuldigung, Papa ... Kannst du mir sagen, ob ich die Erlaubnis habe zu atmen, oder ist es dir lieber, dass ich gleich tot umfalle?«

Ich trinke schnell ein Glas Wasser, bevor ich mich meinem Weinglas zuwende. Es scheint nun doch lustiger zu werden als gedacht, und ich fange an, das Mädchen richtig zu mögen.

Vor dem Dessert, während ihre Mutter in der Küche beschäftigt ist und ihr Vater auf dem Balkon raucht, fragt mich Susanna diskret, wie es Tiziano geht. Seit ein paar Tagen lässt er nichts mehr von sich hören.

»Er hat mich geghostet!«

Ich beruhige sie, verschweige ihr aber nicht, dass er gestresst ist – was sicher sein Schweigen erklärt.

»Ich bin ganz verrückt nach ihm. Wenn er sich von mir trennt, komme ich nie wieder auf die Beine.«

Ich habe plötzlich Lust, das Kind in den Arm zu nehmen. Ich würde ihr gern sagen, wie gut ich sie verstehe. Aber Francesco nimmt gerade den letzten Zug und taucht wieder im Wohnzimmer auf.

»Vertrau mir, Mädchen. Wenn er dich verlässt, wirst du damit fertig. Es dauert vielleicht ein bisschen, aber du wirst es schaffen, du bist stark.«

Sie lächelt mir traurig zu, und ich sage noch:

»Wie heißt eigentlich deine Mutter mit Vornamen?«

Montag

Dottore Di Martino
Corso Giuseppe Garibaldi, Salerno

Es ist Zeit für meine Kaffeepause. Ich bin auf dem Balkon, sitze auf dem Stuhl und nehme ein Sonnenbad.

Ich bin stolz auf mich, denn am Wochenende habe ich viel geschafft. Ich habe einen großen Teil des Samstags und den ganzen gestrigen Abend mit dem Durchsehen der Post verbracht. Das war letztlich angenehmer als das Mittagessen bei den Ferraras – und das will was heißen! Ich habe mir vorgenommen, es nie wieder so weit kommen zu lassen. Als das Gas abgestellt wurde, haben bei mir die Alarmglocken geläutet.

Heute fühle ich mich stärker.

Allerdings habe ich heute Nacht von Marco geträumt. Ein seltsamer Traum, in dem er versuchte, mit mir zu sprechen, aber ich konnte ihn nicht hören, weil wir von einer lauten Menge umgeben waren. Ich weiß nicht, was das bedeuten kann, aber zum ersten Mal war ich deswegen beim Aufwachen nicht traurig. Mein Ex-Lover kommt noch in meinen Gedanken vor, aber mein Kopf hat beschlossen, vorwärtszukommen. Mein Herz folgt seinem eigenen Rhythmus, und der ist langsamer.

Ich muss mich also mit Geduld wappnen.

Ich denke wieder an das, was Linda gesagt hat: »Unser Weg

ist von Begegnungen gesäumt, und manche von ihnen prägen unser Leben für immer.« Marco ist eine davon.

Es wird ein Vorher und ein Nachher gebe. Ich bin nicht dieselbe Frau wie vor einem Jahr. Diese Beziehung und all das Leid haben mich in Mitleidenschaft gezogen, aber sie führen mich nach und nach zu einer besseren Version meiner selbst. Daran glaube ich in meinem tiefen Inneren.

Alles zu seiner Zeit! Jetzt bringt mich die Wanne voll nasser Wäsche in die Realität zurück.

Wenige Minuten später, als ich gerade das letzte Paar Socken aufhänge, erscheint der Dottore.

»Guten Tag, Éléonore. Ich komme nur ganz kurz vorbei. Ich muss noch in die Praxis, bevor ich heute Nachmittag in den Urlaub fahre.«

»Ach, es ist so weit. Sie haben frei, nicht wahr?«

»Ja, zwei Wochen. Was für ein Glück! Morgen wache ich in den Bergen auf. Ich bleibe ein paar Tage dort und dann fahre ich zu meiner Tochter, ihrem Mann und meinem Enkel nach Apulien. Ich freue mich, etwas Zeit mit ihnen zu verbringen. Der Kleine feiert seinen ersten Geburtstag – in dem Alter verändern sie sich so schnell!«

»Ich freue mich für Sie, Dottore. Sie haben Erholung verdient. Hat die Nachbarin Sie eigentlich in Ruhe gelassen?«

»Ja … Ich muss sagen, dass ich sehr vorsichtig bin. Ich habe keine große Lust, ihr zu begegnen. Selbst wenn …«

»Selbst wenn?«

»Man findet schnell Gefallen an solchen Gefühlen, oder? An den Treffen, dem Adrenalin der ersten Male … Und es tut gut, die bedrückende Einsamkeit ein bisschen beiseitezulassen. Das Problem ist, dass ich meine Zeit in der Praxis verbringe und sonst bin ich hier. Von nun an verbiete ich es mir mich für meine Nachbarinnen zu interessieren. Und es steht natürlich außer Frage, dass ich eine Beziehung mit einer Patientin anfange. So frage ich mich, wo ich jemand kennenlernen könnte …«

»Da habe ich eine Idee, Dottore. Kennen Sie sich mit Dating-Plattformen aus?«

Die Wäsche muss längst trocken sein. Wir sind immer noch in der Küche, und Enrico di Martino erschließt sich eine neue Welt. Er ist schon mittendrin.

»Das ist ja wunderbar, Éléonore! Wieso habe ich nicht früher daran gedacht?«

Vor einer Stunde habe ich mit zwei, drei Klicks sein Profil eingerichtet, dann haben wir eine kleine Fotosession gemacht, um es mit ein paar Bildern zu bestücken.

Der Dottore sieht ziemlich gut aus, humorvoll und kultiviert; ich wusste, dass er Erfolg haben würde. Und tatsächlich sind ziemlich schnell die ersten Matchs entstanden und Nachrichten eingetroffen. Ich habe mir die Zeit genommen, ihm zu erklären, wie die App und der Chat funktionieren. Ich habe ihn auch vor möglichem Betrug und falschen Profilen gewarnt. Er hat sich alles in seinem kleinen Heft notiert. In den Ferien hat er genug Zeit zum Üben.

»Dottore, ich will Sie nicht unter Druck setzen, aber hatten Sie nicht gesagt, sie kommen nur *ganz kurz* vorbei?«

»Sie haben recht, ich bin schon wieder weg! Éléonore, ich finde Sie wunderbar!«

Er steht auf und gibt mir einen Kuss auf die Stirn. Einen dicken, liebevollen Kuss. Ein Überschuss an Freude, den er nicht verbergen konnte.

»Ich Sie auch, Dottore! Ich wünsche Ihnen schöne Ferien.«

Durch eine SMS von Andrea erfahre ich, dass wir zu Hause wieder Gas haben.

Eine gute Nachricht, auch wenn Venedig und seine Gondeln dadurch wieder in weite Ferne gerückt sind; ich habe nämlich die Kosten für das Wiedereinschalten aus meiner Spardose bezahlt. Macht nichts, ich werde eines Tages schon hinkommen.

Um mich zu trösten und für die Mühen am Wochenende zu belohnen, beschließe ich, mein Profil auf der Dating-App wieder zu aktivieren. Obwohl ich die App deinstalliert hatte, kriege ich weiter Mails, die neue Nachrichten ankündigen …

Neugier ist ganz bestimmt mein schlimmster Fehler – und ich will ja auch nur kurz reingucken. Auch damit ich Geraldina morgen etwas zu erzählen habe.

Liebe gibt es hier überall.
Paris mag die Stadt der Verliebten sein, Venedig ist ihr weiches Bett.
Ich denke an die Männer in meinem Leben.
An alle, mit denen ich mir vorgestellt habe, in dieser Stadt zu sein.
An die Enttäuschungen, das Leid, die zufälligen Begegnungen, die mich heute an diesen Ort gebracht haben.
Vor drei Jahren, zwei Wochen vor meiner Hochzeit, hat Marco mir mitgeteilt, dass er sich scheiden lässt.
Ich wusste, dass ich gänzlich von ihm geheilt bin, denn ich habe nichts gespürt als Mitleid und Traurigkeit für den, den ich so sehr geliebt hatte.
Unsere Geschichte schien mir so weit weg zu sein.
Nun, man entfernt sich nur von den Menschen wirklich, die nie präsent gewesen sind.

Dienstag

Signora Rizzo
Via Spinosa, Salerno

Sie sieht krank aus heute Morgen und ihr Blick ist trüb.

Sie starrt auf die Läden, die ich weit öffne, damit sie den Himmel sehen kann.

Sie habe von ihrer Tochter geträumt, hat sie mir gesagt, und wolle nicht aufstehen.

Ich habe ihr einen Kaffee angeboten, aber sie wollte keinen. Etwas hilflos habe ich sie gefragt, was ich für sie tun könnte.

»Nichts, meine Hübsche. Manchmal kann man nichts machen, man muss nur warten, dass es vorübergeht.«

Ich ziehe ihr die Decke bis über die Schultern und sage ihr ins Ohr:

»Ich warte mit Ihnen. Ich bin nebenan, wenn Sie aufstehen, reden oder irgendetwas anderes möchten, rufen Sie mich.«

In der Küche räume ich das Geschirr von gestern weg. Nur ein Teller, niemals zwei. Seit wann hat Geraldina nicht mehr mit jemand anderem gegessen?

Plötzlich habe ich eine Idee.

Ich stecke meinen Kopf durch den Türrahmen.

»Geraldina, hätten Sie nicht Lust, bei mir zu Hause Mittag zu essen?«

Eine Stunde hat sie sich nicht bewegt, jetzt schaut sie mich endlich an.

»Heute?«, fragt sie.

»Ja, das würde mich wirklich freuen, ich habe eine junge Köchin zu Hause. Sie werden es genießen!«

Sie lächelt und nimmt schüchtern meine Einladung an.

Ich rufe schnell die Kinder an, hoffe, dass sie Zeit haben und Laura bereit ist, das Essen zu machen. Es ist zehn Uhr. In drei Stunden schafft sie es, Wunder zu vollbringen.

Signora Rizzi kennenzulernen, gefällt Élise. Ich erzähle schon seit so langer Zeit von ihr. Sie stellt gleich den Lautsprecher an, damit ihr Bruder und Laura sich am Gespräch beteiligen können; alle drei nehmen ihre Aufgabe sehr ernst.

»Holt für die Einkäufe etwas aus der Spardose. Laura, ich verlasse mich darauf, dass du meine nette Oma verwöhnen wirst. Kinder, ich rechne mit eurer Hilfe. Okay?«

»Ja, Mama, wir kriegen das hin, keine Sorge!«

Ich putze die Wohnung fertig und sage Geraldina, sie solle sich fertig machen. Sie ist bereit aufzustehen, sich zu waschen, scheint aber immer noch von Traurigkeit überwältigt.

Ich stelle ihr keine Fragen, kämme nur lange ihr Haar. Im Spiegel sehe ich, wie sie die Augen schließt. Eine Träne läuft ihr über die Wange. Dann sind es zwei, dann drei.

Ich lege die Bürste hin und knie mich neben sie, nehme ihre Hand, küsse sie und warte, dass sie sich wieder beruhigt.

Ich weiß nicht, wie lange wir so verbleiben. Die Zeit, die notwendig ist, damit die Tränen ihren Kummer wegwaschen.

»Danke, Élé, ich brauchte das.«

Allmählich findet sie, während sie vor ihrem Schrank steht, ihr Lächeln wieder und bittet mich, ihr ihr schönstes Kleid anzuziehen. Das sei die perfekte Gelegenheit, es auszulüften, sagt sie.

»Ich freue mich, deine Familie kennenzulernen.«

»Sie sehen wirklich elegant aus. Wollen Sie auch etwas Schmuck tragen?«

»Natürlich. Und hinten in der Kommode im Badezimmer muss noch ein alter Lippenstift sein. Jetzt oder nie!«

Im Auto auf dem Weg zu mir nach Hause ist Geraldina schon wieder ganz die Alte.

»Sollen wir nicht mal bei Marco vorbeifahren? Ihn ein bisschen überwachen? Seinen Spuren folgen ...«

Ich bin fast bereit, es zu tun, aber ich vergesse nicht, dass ich in der Trennungsphase bin. Zum Glück kann ich ihr etwas anderes bieten.

»Ich habe gestern zwei Stunden mit Giovanni gechattet.«

Meine Co-Pilotin ist ganz Ohr und rutscht auf ihrem Sitz hin und her, weil sie alle Details erfahren will.

Ich erzähle ihr, dass wir sehr offen miteinander über unsere Beziehungen gesprochen haben – ich habe von Marco geredet, er von den verschiedenen Frauen in seinem Leben.

Er war nie verheiratet, hatte aber ein paar ernsthafte Bindungen, die er, wie er mir gestand, verpfuscht hat. Lange sprach er von einer Liebe, um die er sehr lange getrauert hat. Von einer Frau, die eine Freundin gewesen war und mit der er vor zehn Jahren eine leidenschaftliche Liebe erlebte. Eine gewisse Alba. Anfang des Sommers, als sie auf Procida in Ferien war, jener Insel, auf der er aufgewachsen ist und wo sie sich kennengelernt haben, ist er zu ihr gefahren, hat ihr seine Gefühle gestanden und versucht, sie zurückzuerobern.

»Aber nein!«

»Doch, und stellen Sie sich vor, sie ist Französin! Seltsamer Zufall, oder? Sie lebt aber nicht in Italien.«

»Das ist ja eine Geschichte wie im Roman. Wie ging es dann weiter?«

»Sie ist verheiratet und hat eine kleine Tochter. Er kam zu spät.«

»Geschieht ihm recht. Das ist so richtig typisch Mann. Zuerst hauen sie ab, dann tut es ihnen leid. Wenn ich richtig verstehe, habt ihr beide gerade großen Liebeskummer …«

»Ja, so ungefähr.«

»Oh je, meine kleine Éléonore, worauf hast du dich da bloß wieder eingelassen? Sieht er wenigstens gut aus?«

»Keine Ahnung! Ich habe ihn nur von hinten gesehen und auf einem Foto. Ich weiß nur, dass er groß ist.«

»Dann würde ich gerne wissen, ob er auch gut gebaut ist.«

»Geraldina!«

Ich verstehe endlich die Seufzer der Verurteilten.
Auf dieser berühmten Brücke, die sie überquerten.
Wenn Venedig das Letzte wäre, was ich sehen könnte,
weiß ich nicht, ob es eine Qual oder eine Wohltat wäre.

Dienstag

Éléonores Wohnung
Via Camillo Sorgente, Salerno

Ich wünschte mir, die Zeit bliebe stehen. Ich sitze in meiner kleinen Küche und beobachte, wie die Kinder sich mit Geraldina bekannt machen. Sie strahlt.

Als wir ankamen, war der Tisch schon schön gedeckt und ein köstlicher Duft erfüllte die Luft.

Ich habe sie einander vorgestellt und seitdem bin ich nicht mehr zu Wort gekommen. Andrea hört der alten Dame, die immer in Salerno gelebt hat und die Stadt kennt wie ihre Westentasche, aufmerksam zu. Sie erzählt ihm, dass es ihr sehr fehlt, in den Straßen und am Meer spazieren zu gehen, am meisten aber fehle es ihr, nicht mehr ins Stadion zu gehen …

»Sie sind ins Stadion gegangen?«, fragt Laura erstaunt.

»Und wie! Als gute Salernitanerin habe ich kein einziges Spiel verpasst. Als ich klein war, ging ich mit meinem Vater hin – zum Leidwesen meiner Mutter, die mich lieber in der Kirche oder beim Nähen gesehen hätte. Danach mit meinen Ehemännern. Ich habe die Atmosphäre in Stadien immer geliebt. Der *tifo* ist wirklich was Tolles! Und dann erst mal die Fußballer …«, sagt sie mit einem Augenzwinkern. »Ich war übrigens lange Zeit das einzige Mädchen auf den Tribünen. Aber im Lauf der Zeit wurden wir immer mehr.«

Selbst ich entdecke neue Seiten an ihr. Dabei glaubte ich, sie gut zu kennen.

Geraldina unterbricht ihre Erzählungen immer wieder, um Laura zu loben. Ihre Pasta mit Zucchini und Nüssen ist auch wirklich verdammt gut. Es hat sich gelohnt, der Gasfirma neunzig Euro zu zahlen, damit das Gas wieder fließt!

Die Kinder geben auch einiges von sich preis. Élise berichtet von ihrer Leidenschaft für Mangas und Japan. (Mangas? Für Geraldina ist das Chinesisch! Aber meine Tochter holt ein paar Bücher, um ihr zu zeigen, worum es geht.) Sie erklärt, nach dem Gymnasium möchte sie gern nach Japan reisen oder sogar dort leben und arbeiten. Andrea gesteht, dass er noch nicht weiß, was er später machen will. Er liebt Salerno. Und es kommt nicht in Frage, dass er seine Stadt verlässt. Außerdem ist er vernarrt in seine kleine Schwester, »weniger nervend als die große« – die ihm daraufhin die Zunge herausstreckt. Die Zwillinge zeigen Geraldina Fotos von Chiara, von der ich ihr schon erzählt hatte. Wie wir alle ist sie hingerissen von ihrem Babygesicht.

Laura bleibt ganz still.

Ich räume die Teller ab, damit sie den nächsten Gang servieren kann: *straccetti di pollo alla sorrentina*, Hähnchen in Tomatensauce mit Basilikum und Mozzarella, im Ofen überbacken.

Ich frage sie diskret, ob bei ihr alles in Ordnung ist, und sie sagt ja, aber wegen ihrer traurigen Augen und ihres gezwungenen Lächelns glaube ich ihr nicht.

Das Mittagessen endet mit einer köstlichen *crostata fragole e lampone*, einem wunderbaren Kuchen mit roten Früchten.

Was für eine Leistung von Laura, in wenigen Stunden ein solches Essen zu zaubern. Ich spreche ihr ein großes Lob aus.

»Du bist unheimlich begabt! Ich bin sicher, dass du eines Tages Chefköchin eines großen Restaurants wirst und wir deine ersten Gäste sein werden.«

Ein mildsüßer Duft schmeichelt meinem Geruchssinn.
Ich hebe den Kopf: Auf einem kleinen Balkon tanzen Bettlaken.
Dies ist seit jeher einer meiner Lieblingsgerüche.
Der Markt, die Wäsche an den Fenstern, die Händler, die ihre Ware auslegen.
Hier ist das Leben fast wie überall sonst.
Aber in einem schöneren Rahmen.

Mittwoch

Signor und Signora Ferrara
Via Roma, Salerno

Zum ersten Mal im Leben komme ich zu spät zur Arbeit.

Beim Aufwachen fiel mir nichts Besonderes auf. Ich habe mir Kaffee gemacht, ihn auf dem Balkon genossen und die frische Morgenbrise in der noch im Schlaf liegenden Stadt genutzt.

Élise hat gestern bei ihrem Vater übernachtet, weil ihre kleine Schwester es sich gewünscht hatte. Andrea und Laura haben nach dem Abendessen Freunde getroffen. Ich hörte, wie sie gegen 23 Uhr 30 zurückkamen. Ich lag schon im Bett, plauderte mit Giovanni und schlief wenig später ein.

In der Nacht glaubte ich ein leises Geräusch zu hören. Ich dachte, es sei ein Nachbar, und ließ mich wieder in Morpheus' Arme sinken.

Aber bevor ich wegging, öffnete ich die Zimmertür meines Sohnes, der mit geballten Fäusten schlief, und das von Élise, in dem Laura sein musste. Das Bett war leer.

Ich habe versucht, sie anzurufen, ohne Erfolg. Es war nur der Anrufbeantworter dran.

Ich habe Andrea geweckt, um zu wissen, ob er gestern Abend mit ihr nach Hause gekommen war.

»Ja, sie ist mitgekommen, aber …«

»Aber?«

»Wir sind ihrem Vater begegnet und das ging ziemlich schief.«

»Hat er euch etwas angetan?«

»Nein, nicht körperlich, aber er hat sie beschimpft. Vor allen Leuten. Vor unseren Freunden. Ich glaube, er war betrunken. Er sagte, es sei nur ihre Schuld, sie sei an allem schuld. Und dann ist er gegangen.«

»Wie hat Laura darauf reagiert?«

»Sie hat gar nicht reagiert. Sie hat mich nur gebeten, nach Hause zu gehen, und das haben wir dann auch gemacht.«

Ich habe ihre Nummer wieder und wieder gewählt, habe ihr Nachrichten hinterlassen. Andrea hat ihre Freunde angerufen.

Aber Laura bleibt unauffindbar.

Da es für mich höchste Zeit war, mich auf den Weg zu machen, bat ich meinen Sohn, zu Hause zu bleiben und mir Bescheid zu geben, sobald er etwas Neues erfahren würde.

»Keine Sorge, Mama. Vielleicht ist sie nur losgegangen, um frische Luft zu schnappen.«

Meine kleine innere Stimme sagte etwas anderes.

Als ich die Tür öffnete, fand ich den Umschlag.

An der Stelle, wo meine Spardose für Venedig stand.

Élise, Andrea, Éléonore,

Entschuldigung.

Ihr werdet mir sehr fehlen. Aber ich kann nicht mehr, ich komme einfach nicht mehr klar.

Éléonore, ich werde dir jeden Cent zurückzahlen, das schwöre ich dir. Heute bestehle ich die Frau, die mir auf dieser Welt so viel

Liebe gegeben hat wie keiner sonst, die Einzige, die mir ihr Herz geöffnet und mich in die Arme geschlossen hat, ohne je über mich zu urteilen. Ich habe keine andere Wahl. Du hast mir ein Heim, eine Zuflucht und Lebenslust geschenkt, und dafür werde ich dir ewig dankbar sein.

Ich liebe euch alle drei.

Eine Stunde blieb ich stehen, wie versteinert, meine Tasche über der Schulter, ich stand unter Schock. Ich wusste nicht, was ich tun, wen ich benachrichtigen, wie ich reagieren sollte.

Mir ist es nicht gelungen, Laura zu retten, die wie ich vor ihren Eltern geflohen ist, weil sie sie nicht so akzeptieren wollten, wie sie war.

Ich hätte mir so gewünscht, dass die Dinge anders verlaufen.

Schweren Herzens betrete ich das Haus der Ferraras, es ist schon fast zehn Uhr. Ich weiß, dass Giorgia – ich kenne endlich ihren Vornamen, dank Suzy! – heute Morgen zu Hause ist. Ich habe ihr per SMS mitgeteilt, dass ich später komme, und als ich sie in der Küche sehe, erwarte ich eine Strafpredigt.

»Éléonore, geht es dir gut? Ich dachte, da du später kommst, muss etwas Schlimmes passiert sein. Ich habe mir Sorgen gemacht …«

Da brach ich in Tränen aus.

Ich habe ihr alles erzählt. Giorgia hörte zu. Ohne mich zu unterbrechen, ohne zu versuchen, meine Lage und meinen Kummer kleinzureden.

Sie stellte mir eine einzige Frage, durch die ich die Antwort auf viele andere fand.

»Glaubst du, dass sie mit diesem Geld ein besseres Leben findet?«

»Ja, ich muss das glauben. Ich muss mir sagen, dass es ihr anderswo besser geht und sie sich dort entwickeln kann.«

»Dann musst du mit ihrer Entscheidung zufrieden sein.«

Heute habe ich Laura verloren, und wider Erwarten habe ich, so glaube ich, eine neue Freundin gefunden.

Ich möchte sehen, wie die Sonne über der Lagune aufgeht. Die Gassen sind noch ruhig, am Fuß der Rialto-Brücke wartet eine kleine Bar auf mich.

»Un cappuccino, per favore!«

Schon drei Tage bin ich in Venedig und kann es immer noch nicht glauben.

Ich denke an meine Eltern, die hier so glücklich waren, und hätte mir gewünscht, dass sie es bleiben, aber es scheint, dass selbst die Magie dieser Stadt ihre Grenzen hat.

Ich vertreibe diese Gedanken aus meinem Kopf, denn nichts darf diesen Augenblick verderben.

Ich bin allein am Canale Grande und begreife, wie sehr sich mein Leben verändert hat.

In den letzten fünf Jahren.

Mittwoch

Éléonores Wohnung
Via Camillo Sorgente, Salerno

Heute Abend sind Caterina und Sascha bei uns. Sie sind herbeigeeilt, sobald sie es erfahren hatten.

»Wie viel Geld war in der Spardose? Kann sie damit lange durchhalten?«, fragt meine Freundin.

»Ich weiß es nicht. Ich wollte sie nächsten Monat, an meinem vierzigsten Geburtstag, öffnen. Ich hatte sie seit drei Jahren, habe aber regelmäßig etwas herausgenommen, also ... Vielleicht konnte sie eine Zugfahrkarte davon kaufen, ein paar Übernachtungen finanzieren und etwas zu essen finden. Mehr wird es kaum sein.«

»Laura wird klarkommen. Sie wird Arbeit finden, ich habe keine Angst um sie«, beteuert Élise.

Ich habe den Kindern das Versprechen abgenommen, mir sofort Bescheid zu sagen, wenn sie etwas von Laura hören. Sie schwören, im Moment nichts zu wissen: Sie hat alle sozialen Netzwerke deaktiviert. Und immer meldet sich die Mailbox.

»Was machen wir mit ihren Eltern?«, fragt Sascha. »Sagen wir ihnen Bescheid?«

»Nachdem ihr Vater sie so beschimpft hat?«, fragt unser Sohn genervt. »Ihretwegen ist sie gegangen, weit weg und ist jetzt ganz allein. Ich bin unheimlich wütend!«

Er bricht in Tränen aus und verschwindet in seinem Zimmer.

»Ich kümmere mich um ihn.«

Élise folgt ihm und schließt die Tür hinter sich.

Wir bleiben sitzen, schweigend und verstört. Müssen wir die Polizei alarmieren? Laura ist schließlich noch minderjährig. Es könnte ihr etwas zustoßen. Aber es wäre Aufgabe ihrer Eltern, ihr Verschwinden anzuzeigen, nicht unsere.

»Hier, ich habe Amaro mitgebracht. Das hilft uns beim Nachdenken.«

Caterina gießt uns allen ein Glas ein, dann leert sie ihres in einem Zug und verkündet:

»Da wir schon bei den guten Nachrichten sind. Wir waren beim Chirurgen. Tiziano wird nächste Woche operiert. Wenn sie alles entfernen können, müssen wir auf die Untersuchungsergebnisse warten. Das kann lange dauern. Und ich sage euch eins, liebe Freunde: Ich mache mir vor Angst in die Hose.«

Sascha nimmt ihre Hand, und ich lege den Arm um sie.

An einem Sommerabend gegen 22 Uhr in meiner kleinen Küche bete ich zu meiner Überraschung zu einem Gott, an den ich nicht glaube.

»Bitte mach, dass alles gut geht. Dass Tiziano nichts Schlimmes hat und Laura zurechtkommt, bitte.«

Wir fahren mit der Gondel von einem Ufer zum anderen.
Zwei Euro pro Fahrt. In dem schönsten Taxi der Welt.
Genau der richtige Augenblick für eine wunderbare Nachricht.

Rat mal, wer Großmutter wird?

Caterina hat mir das geschrieben.
Und ich freue mich so sehr für meine Freundin.
Für meinen (beinahe) Neffen.
Was für ein schöner Sieg über das Leben!
»Caterina im nonna*-Modus ... Das möchte ich gern bald sehen!«,*
sagt mein Mann zu mir.
Und ich erstmal!

Auf dem Festland rufe ich sie an, um ihr persönlich zu gratulieren.

»Danke, ich konnte nicht damit warten, es dir zu sagen. Vor allem wollte ich nicht, dass diese Trine es dir erzählt und mir zuvorkommt.«

»Hörst du irgendwann mal mit deiner Eifersucht wegen meiner Freundschaft zu Giorgia auf?«

»NIEMALS! Schlimm genug, dass sie und ich jetzt ein Enkelkind teilen müssen!«

Wie es scheint ..., werden wir uns gut amüsieren.

Donnerstag

Signora Marino
Via die Mercanti, Salerno

Ich habe Lauras Mutter angerufen.

Wenn ihr etwas zustoßen würde, würde ich mein Leben lang bereuen, ihr nicht Bescheid gegeben zu haben.

Bei ihrem Vater würde ich nur Hass ernten, das wusste ich. Bei ihrer Mutter hatte ich etwas mehr Hoffnung.

Da aber hat sich meine Intuition, die angeblich stärker ist als alles andere, geirrt. Zwar weiß ich, dass das Wohlergehen ihrer Kinder nicht für alle Menschen das Wichtigste ist. Ich weiß es, weil ich das selbst erlebt habe, glaube aber weiterhin an die Frauen, an die Mütter und bin jedes Mal schockiert, wenn sie nicht auf der Höhe meiner Erwartungen sind.

»Das ist mir wurscht! Ich will davon nichts hören. Die, von der du da redest, gibt es für mich nicht!«

Das hat mir Lauras Mutter geantwortet. Wie kann sie nur so etwas sagen? Das frage ich mich immer noch.

Ich bin ihr schon mit ihren beiden anderen Kindern begegnet, und sie schien ganz »normal«, liebevoll und herzlich.

Gestern habe ich ihren Facebook-Account entdeckt. Ich habe eine Stunde darin verbracht.

Sie zeigt dort Fotos und Videos einer harmonischen Familie. Die Geburtstage, die ersten Schultage von Lauras kleinem Bruder und ihrer kleinen Schwester ... Lauter solche Dinge.

Die Älteste existiert für sie einfach nicht.

Außer einem alten Foto, gepostet vor zehn Jahren, ist da keine Spur von ihr. Man sieht darauf Laura ihre erste Kerze ausblasen. Die Bildunterschrift besteht aus einem gebrochenen Herzen.

Diese Mutter muss doch ein Herz haben. Kann sie vielleicht nicht richtig damit umgehen?

Ich bin gerade mit Abstauben des Bücherregals fertig, als Linda eine Patientin zur Tür begleitet. Ich habe sie schon öfter gesehen. Dann bittet Linda mich in ihr Behandlungszimmer.

Es ist ein kleiner, ganz heller Raum mit sehr viel Dekor. Die verschiedensten Gegenstände, Möbel, Teppiche: Nichts passt zusammen, und doch ist es harmonisch. Man kommt hier hinein wie in einen hübschen Kokon.

Diesmal warte ich nicht darauf, dass sie das Gespräch beginnt, und rede als Erste:

»Wollen Sie mir kündigen?«

»Warum sollte ich das tun?«

»Wegen der schlechten Wellen ... momentan müsste von mir eine ganze Menge ausgehen.«

»Im Gegenteil, in Ihnen steckt viel Liebe. Zu viel. Aber es gelingt Ihnen perfekt, sie an andere weiterzugeben. Das ist eine echte Gabe.«

»Ich fühle mich etwas verloren.«

»Das ist normal. Im Moment überschlagen sich die Ereignisse. Ich hatte Sie wegen Ihres Schatzes gewarnt. Aber Sie haben nicht auf mich gehört ... Umso besser, Éléonore. Die richtige Person hat ihn gefunden.«

»Geht es ihr gut? Wird sie es schaffen?«

»Das glaube ich schon.«

»Danke, ich bin erleichtert, das zu hören. Wollten Sie mich aus einem bestimmten Grund sprechen?«

»Ja, ich wollte Ihnen sagen, dass ich Ihnen nicht kündige, sondern dass Sie von sich aus gehen sollten. Um zu wissen, wohin, müssen Sie in den Träumen Ihrer Kindheit suchen.«

»Venedig?«

»Nein, ich spreche nicht von einer Reise, sondern von Leidenschaft. Von dem, was Ihnen früher Lebensfreude gab und das Sie beiseitegelegt haben. Es ist nicht zu spät. Was ist es, Éléonore?«

»Ich habe die schönste Frau der Welte geheiratet!«
»›Welt‹, mein Liebster, nicht ›Welte‹. Wir müssen noch ein bisschen die Aussprache üben.«
»Du biste meine liebste Lehrerine, ich arbeite gerne mit dir.«
»Und du bist mein unbegabtester Schüler. Aber keiner ist so sexy wie du. Deswegen gebe ich dir gern noch Sonderkurse.«
Er umarmt mich noch fester.
Ich weiß, wonach ihm der Sinn steht, aber wir haben einen Tisch reserviert.
Ich komme ungern zu spät, und bei diesem Treffen schon gar nicht.

Donnerstag

Éléonores Wohnung
Via Camillo Sorgente, Salerno

»Ich habe Signora Rizzo besucht«, sagt Andrea, als er nach Hause kommt.

Das freut mich, aber etwas überrascht bin ich schon. Was hat er bloß bei Geraldina zu suchen?

»Nichts Besonderes, ich finde sie einfach sympathisch. Und sie weiß so viel über die Stadt! Und da sie gesagt hatte, ich könnte kommen, wann ich Lust habe, bin ich hingegangen. Sie hat mir viele Anekdoten erzählt, es war super cool!«

Ich stelle mir vor, wie sehr sich Geraldina über Gesellschaft freut, aber Andrea hat sicher noch anderes im Sinn.

»Ich habe nachgedacht und will mit meinen Freunden darüber reden. Ich würde gern mit ihr ins Stadion gehen, wenn die Saison wieder anfängt. Was hältst du davon?«

»Andrea ... das ist eine tolle Idee. Aber sie ist sehr zart, ich bin nicht sicher, ob ...«

»Ob *was*? Glaubst du, ein Fußballspiel könnte sie umbringen? Meiner Meinung nach tötet sie eher die Einsamkeit.«

Ich seufze. Er hat nicht unrecht.

»Du hast recht, mein Sohn. Ich sehe in dir immer noch den kleinen Jungen, aber du bist fast ein Mann – und der beste, der mir je begegnet ist.«

Er schmiegt sich auf dem Sofa an mich.

Ich weiß, dass er sich, genau wie seine Schwester und ich, Sorgen um ihre verschwundene Freundin macht. Ich streiche ihm übers Haar und verspreche ihm, dass alles gut gehen wird. (Soll er ruhig ab und zu glauben, dass Mütter einen Zauberstab besitzen.)

»Ich bin etwas böse auf sie, wegen des Geldes. Sie weiß, dass du es nicht leicht hast und viel arbeiten musstest, um es zu sparen.«

»Du solltest ihr nicht böse sein, Andrea. Es war für sie eine Frage des Überlebens. Für mich nicht. Es ist nur eine Reise, das ist nicht so wichtig. Im Gegenteil: Wenn die Spardose ihr helfen konnte, war das die beste Art, das Geld auszugeben.«

»Wir hätten eine andere Lösung finden können, da bin ich sicher.«

»Manchmal hat man keine Zeit, Alternativen zu suchen. Mach dir keine Gedanken um mich. Es dauert, so lange es dauert, aber eines Tages werde ich dich so sehr mit Fotos aus Venedig bombardieren, dass du mich bitten wirst, aufzuhören.«

»Ich kann es kaum erwarten.«

Er geht und verschwindet in seinem Zimmer. Élise habe ich den ganzen Tag noch nicht gesehen. So macht sie es: Wenn es ihr nicht gut geht, zieht sie sich zurück, irgendwann taucht sie dann wieder auf, um darüber zu reden.

Ich lasse sie in Ruhe, jeder hat seine Art, mit den Dingen umzugehen.

Mein Telefon kündigt eine Nachricht von Giovanni an.

Ich würde gern morgen Abend mit dir essen gehen.

Ich weiß, dass es vielleicht nicht der beste Moment ist, eine neue Beziehung zu beginnen, weder für dich noch für mich ... Aber wir könnten uns doch einfach mal kennenlernen? Ich habe in meinem Leben so viele Gelegenheiten versäumt und sage mir, es wäre vielleicht gut, diese hier nicht zu verpassen ...

Würde dir das gefallen?

Ich denke nicht lange nach und sage ja.

Vielleicht vertue ich mich diesmal wieder, aber ich weiß jetzt, dass ich in der Lage sein werde, wieder auf die Beine zu kommen.

Wo schon von Abendessen die Rede ist: Es ist 20 Uhr und höchste Zeit, zu kochen.

Ich nehme eine Packung Pasta. Ein bisschen Olivenöl und Knoblauch, das reicht schon.

In der Nähe des Gewürzregals finde ich ein kleines blaues Heft.

Ich öffne es. Es stehen Dutzende handgeschriebene Rezepte darin. Die Schrift wird weiter hinten erwachsener. Ein Kind hat damit angefangen, und Laura hat es fortgesetzt.

Ihr Abschiedsgeschenk, ihr letztes »Ich liebe dich«.

Ich habe mein schönstes Kleid angezogen und mir das Haar hochgesteckt.
Als wir ins Restaurant kommen, nenne ich unseren Namen.
Es ist ein feiner und intimer Ort. Nur zwanzig Plätze.
Jeder Tisch ist sorgfältig gedeckt und von einer Kerze erleuchtet.
Die Serviererin führt uns auf die Terrasse.
Das Geplätscher des Kanals ist die Begleitmusik.
Heute Abend ist Venedig noch schöner, mit Sternen und Lichtern geschmückt.
»Unsere Chefköchin schlägt Ihnen das Verkostungsmenü vor. Würde Ihnen das zusagen?«
Ich nicke.
»Perfekt. Ich dürfte es Ihnen eigentlich nicht sagen, aber sie ist sehr aufgeregt. Sie hat Sie schon erwartet.«

Freitag

Signor und Signora Landi
Via dei Principati, Salerno

In der Wohnung ist es ruhig, und alles ist aufgeräumt.

Ich sehe mich um und finde, was ich befürchtet hatte: Claudia liegt zusammengerollt auf dem Sofa.

»Claudia, ich bin da. Geht es Ihnen nicht gut?«

Sie antwortet nicht. Scheinbar schafft sie es nicht mal, mich anzusehen.

Ich gehe in die Küche, koche ihr eine Tasse ihres Lieblingstees und stelle ihn neben sie auf den kleinen Tisch.

Langsam wendet sie mir den Kopf zu und sieht mich mit traurigen Augen an.

»Danke, Éléonore. Sie ist weg. Aya ist mit ihrer Mutter verschwunden. Die Saison ist zu Ende.«

Sie bleibt liegen, von Kummer überwältigt. Die Wirklichkeit hat sie wieder eingeholt.

Es gibt Frauen, die alles darum geben würden, um Mutter zu werden, und andere, die es besser nie geworden wären. In der Natur steht nicht immer alles zum Besten, und das Leben ist kein Wohlfühlroman. Hier wird es kein Happy End geben.

Ich kehre zu meinen Putzlappen zurück. Ich fühle mich zugleich erschöpft und voll neuer Energie.

Die Trennung von Marco scheint schon eine ganze Weile her zu sein. Verglichen mit dem Verschwinden von Laura, der

Angst von Caterina, Geraldinas Einsamkeit und dem Kummer von Claudia kommt sie mir ganz unwichtig vor.

Wenn man den Kopf hebt und auf andere achtet, kann man eigene Probleme immer relativieren.

Ich habe eine wunderbare Familie, die gesund ist und ein Dach über dem Kopf hat. Wenn das kein Reichtum ist.

Durch Putzen konnte ich meinen Unterhalt verdienen, aber ich habe dabei viel mehr erfahren, als ich mir hätte vorstellen können. Ich habe von anderen gelernt.

Dank ihrer Vielfalt, ihrer Schwächen.

In den letzten Wochen habe ich mehr als je zuvor von ihnen etwas erhalten, das mich wieder aufrecht gehen lässt. Ich hoffe, dass auch ich ihnen eine Stütze, ein aufmerksames Ohr, eine Freundin sein konnte.

Ich gehe aus alldem gereift hervor.

Mit kräftigen Bauchmuskeln.

»Bereit für diesen letzten Tag?«
»Bereit.«
Wir lassen uns treiben von den Gassen, den Begegnungen, der Atmosphäre. Planlos. Oder beinahe.
Ich bin glücklich und zufrieden. Meine Taschen sind voll – von Gefühlen, Erinnerungen, Geschichten.

Ich schicke das vermutlich hundertste Venedig-Foto an die Kinder.
Auf dieses hier, auf dem man Laura vor ihrem Restaurant sieht, haben die Zwillinge ungeduldig gewartet.

Schön seht ihr aus!, bemerkt Andrea.
Sobald ich in Italien bin, komme ich auch, beteuert Élise.
Ich rechne fest damit, antwortet Laura.

Ein Jahr nach ihrem Verschwinden erhielt ich einen Brief mit einem Scheck von eintausenddreihundertzweiundneunzig Euro. Diese Summe war also in meiner Spardose.

Dieses Geld hat mir geholfen, einen Traum zu verwirklichen, aber nicht den, an den ich gedacht hatte.

Ich habe ein Studium absolviert und an einer Aufnahmeprüfung teilgenommen, um Französischlehrerin zu werden. Seit drei Jahren unterrichte ich am Gymnasium und gebe auch Privatstunden.

Laura hat mit ihrer Karriere zu ungefähr derselben Zeit begonnen.

Aus der Ferne haben wir sie unterstützt. Aus der Ferne waren wir weiter für sie da.

Vor einem Jahr hat eine große Tageszeitung einen lobenden Artikel über sie veröffentlicht.

»Mit einundzwanzig Jahren eröffnet Laura Agostino, transgender Chefköchin aus Salerno und aufgehender Stern der italienischen Gastronomie, ihr erstes Restaurant in Venedig.«

Freitag

Signor D'Amato
Corso Vittorio Emanuele, Salerno

Ich fürchte mich vor dem heutigen Abendessen. Die Abende verbringe ich damit, Gespräche mit Giovanni zu führen, weiß aber immer noch nicht, wie er aussieht.

Wenn ich Pech habe, sitze ich mit einem Doppelgänger von Éric Zemmour am Tisch. Diesen furchtbaren Gedanken vertreibe ich aus meinem Kopf. Eigentlich habe ich den Eindruck, dass wir beide auf einer Wellenlänge sind. Im schlimmsten Fall, wenn er mir nicht gefällt, bleiben wir Freunde.

Ich stelle den Staubsauger ab und schaue in den Spiegel. Mit diesem Aussehen, dem Haarschnitt und diesem Teint bin ich nicht auf der Höhe, aber wenn ich mir die Haare mache, eine Maske, ein bisschen Make-up und ein hübsches Kleid anziehe, müsste ich vorzeigbar sein.

Ich schließe mich Larusso an, gehe mit schwingenden Hüften bis zum Schrank und schmettere »Tu m'oublieras«. Vor ein paar Tagen hätte ich es nicht geglaubt, aber heute weiß ich, dass ich auf dem richtigen Weg bin. Die Momente, in denen ich an Marco denke, werden kürzer wie die Tage am Ende des Sommers.

So ganz vergisst man die Dinge nie, aber alles geht irgendwann vorüber. Auch Liebeskummer.

Die Fenster sind geputzt, die Wäsche ist eingeräumt, der

Staub gewischt, das Badezimmer blitzsauber, die Betttücher zusammengelegt, die Böden blank.

Für heute bin ich fertig.

»Éléonore?«

»Hier bin ich. Sie sind ja zu Hause, guten Abend!«

»Guten Abend.«

Ich ziehe an meinem T-Shirt und versuche, in zwei Sekunden mit den Fingern mein Haar in Ordnung zu bringen, um einigermaßen menschlich auszusehen.

Dieser Mann sieht verdammt gut aus – warum begegne ich ihm ausgerechnet, wenn ich so furchtbar aussehe?

»Ich wollte gerade gehen, ich bin mit allem fertig.«

»Haben Sie Zeit, ein Glas zu trinken?«

Warum muss der Typ immer zur falschen Zeit kommen!

»Tut mir leid, ich habe heute Abend schon etwas vor.«

»Das weiß ich doch, wir sind zum Abendessen verabredet.«

»Wie bitte?«

Er reicht mir die Hand.

»Ja, wir hatten beim letzten Mal keine Zeit, uns richtig vorzustellen ... Ich heiße Giovanni. *Piacere.*«

In der Hotelhalle begrüßt Giovanni, bevor wir zum Flughafen aufbrechen, ein Paar.
Er stellt uns vor. Es ist eine seiner Mitarbeiterinnen.
Sie trägt einen hübschen Schal um den Hals.
»Du hast ihn immer noch?«, fragt er sie.
»Ich mag ihn sehr. Ich wusste, dass du Geschmack hast, aber wenn ich deine Frau sehe, verstehe ich das noch besser.«
Plötzlich kommt eine ferne Erinnerung an die Oberfläche.
Die charmante Stimme eines Mannes.
Die Frage nach einem Geschenk für eine Kollegin.
Die Bitte um einen Rat an eine Verkäuferin.

Éléonore, kommst du? Das Taxi ist da. Und hier, nimm deinen Hut. Auf dem Schiff brennt die Sonne sehr und ich möchte nicht, dass du einen Sonnenbrand kriegst.«

Zu spät, mein Liebster.
Viel zu spät.

Danksagung

Via Camillo Sorgente, Salerno.

Mit dieser Straße verbinde ich meine schönsten Kindheitserinnerungen.

Ich habe dort meine ersten Lebensjahre verbracht, geborgen durch die Liebe meiner Großeltern väterlicherseits.

Mein *nonno* war Hausmeister in zwei benachbarten Gebäuden, meine *nonna* war Putzfrau bei manchen Einwohnern dort.

Ich ging liebend gerne mit; jede Wohnung war für mich wie eine neue Welt. Ich durfte nichts anrühren, also begnügte ich mich damit, zu beobachten – das Dekor, die Fotos, die Spielsachen, die Kleider ... All das verriet einiges über die Persönlichkeit und Gewohnheiten der Leute. Ich gab mir Mühe, mir alles zu merken, bis zu den kleinsten Details, ohne zu wissen, dass mir das später nützen würde.

Mehr als dreißig Jahre später wurde es mir klar: Ich habe auf dem Dachboden meiner Erinnerungen das Dekor für den Roman gefunden, den Sie jetzt in den Händen halten.

Ich danke meiner Familie, meinen Freundinnen und Freunden, meinen Lektorinnen und dem Verlag, die mich wie immer bestens unterstützt haben.

Ich danke meinen ersten Lesern für kostbare Hinweise.

Ich danke Venedig für seine Schönheit.

Ich danke den Vertretern, Buchhändlern, Literatur-Bloggerinnen und -Bloggern, dass sie von meinen Romanen reden und sie bekannt machen.

Danke, liebe Leserinnen und Leser, für alles, was ihr jeden Tag zu diesem unglaublichen Abenteuer beitragt.

Ich hoffe aufrichtig, dass ihr schöne Momente mit meinen Romanfiguren verbracht habt.

Mir liegt daran, meine Wertschätzung für meine Großmutter, meine Mutter und all jene auszudrücken, die genau wie sie die Arbeit von Éléonore machen.

Éléonores Playlist

»Il avait les mots« – Sheryfa Luna
»Encore un soir« – Céline Dion
»Bye Bye« – Ménélik
»Shame on U« – Ophélie Winter
»Tomber la chemise« – Zebda
»Boombastic« – Shaggy
»Elle te rend dingue« – Nuttea
»C'est chelou« – Zaho
»DJ« – Diam's
»Tu m'oublieras« – Larusso
»Oyé Sapapaya« – Stomy Bugsy, Doc Gynéco
»Alors on danse« – Stromae
»Jumpin' Jumpin'« – Destiny's Child
»Ya rayah« – Rachid Taha
»Ma Benz« – Suprême NTM, Lord Kossity
»La Fièvre« – Suprême NTM
»La Groupie du pianiste« – Michel Berger
»Femme like U« – K-Maro
»Waterfalls« – TLC
»Hey Sexy Lady« – Shaggy
»Best Life« – Naps, GIMS
»Gangsta's Paradise« – Coolio
»The Real Slim Shady« – Eminem
»SexyBack« – Justin Timberlake, Timbaland
»Wannabe« – Spice Girls
»Miami« – Will Smith
»Je danse le Mia« – IAM
»Loca« – Shakira
»Ton invitation« – Louise Attaque
»La Tribu de Dana« – Manau
»No Scrubs« – TLC
»Mambo No. 5« – Lou Bega

»Aïcha« – Khaled
»Dieu m'a donné la foi« – Ophélie Winter
»La Boulette« – Diam's
»Obsesión« – Aventura
»Lonely« – Akon
»Qui est l'exemple« – Rohff
»Sous le vent« – Céline Dion, Garou
»Pour que tu m'aimes encore« – Céline Dion
»Angela« – Saïan Supa Crew
»Au summum« – 113
»J'irai où tu iras« – Céline Dion
»Confessions nocturnes« – Diam's, Vitaa
»Toutes les femmes de ta vie« – L5
»Laisse pas traîner ton fils« – Suprême NTM
»Que tu reviennes« – Patrick Fiori
»Je l'aime à mourir« – Francis Cabrel
»Je t'aime« – Lara Fabian
»Dernière danse« – Kyo

NF 648/1/03.25